德米安
彷徨少年时

〔德〕赫尔曼 · 黑塞————著　　　　周苇————译
Hermann Hesse

Demian
Die Geschichte von Emil Sinclairs Jugend

台海出版社

图书在版编目（CIP）数据

德米安：彷徨少年时 /（德）赫尔曼·黑塞著；周
苇译. -- 北京：台海出版社，2023.12
ISBN 978-7-5168-3657-6

Ⅰ. ①德… Ⅱ. ①赫… ②周… Ⅲ. ①长篇小说—德
国—现代 Ⅳ. ①I516.45

中国国家版本馆CIP数据核字（2023）第182045号

德米安：彷徨少年时

著　者：〔德〕赫尔曼·黑塞	译　者：周　苇
出 版 人：蔡　旭	封面设计：YooRich Studio
责任编辑：徐　玥	策划编辑：苟　敏

出版发行：台海出版社
地　　址：北京市东城区景山东街20号　　邮政编码：100009
电　　话：010-64041652（发行，邮购）
传　　真：010-84045799（总编室）
网　　址：http://www.taimeng.org.cn/thcbs/default.htm
E-mail：thcbs@126.com

经　　销：全国各地新华书店
印　　刷：天宇万达印刷有限公司
本书如有破损、缺页、装订错误，请与本社联系调换

开　本：880毫米×1230毫米	1/32	
字　数：90千字	印　张：6	
版　次：2023年12月第1版	印　次：2023年12月第1次印刷	
书　号：ISBN 978-7-5168-3657-6		
定　价：42.00元		

前　言

　　我所渴望的，不过是过上一种发自本心的生活，为什么竟会如此困难？

　　关于我的故事，得从很早之前开始讲起。事实上，如果可以，还应追溯到更远——远至我童年的早期时光，甚至更远，远至我生命的源头。

　　有些作家写小说时倾向于扮演上帝，对某人的故事了如指掌、洞若观火，叙述的口吻也恍若上帝，不加修饰和伪装，一切皆为生活的本来面目。我做不到这样，就像那些作家其实也做不到一样。不过，我的故事对我而言要比某些作家的故事对他们而言更为重要，因为它是关于我自己的故事，是一个真实、独特、活生生的人的故事，而非一个想象出来的、在某种意义上不存在的人的故事。如今，我们对一个真实存在的人究竟意味着什么的理解大不如从前，大量宝贵的、拥有独特创造力的个人也因此被扼杀。如果我们每一个人都并非独一无二的存在，如果仅凭一颗子弹就能将人从这个世界上抹除，那么讲述故事也就没有了意义。每个人不仅仅是他自己，也是一个独特的、唯一的、在任何情况下都富有意义且关键的点，在这个点上，这个世界的纷繁万象重叠交汇，不可复制。这也是为何每个人的故事都重要、永恒且神圣——为什么每个人，只要是以某种方式生活着、顺应着自然之道，都是美妙并值得我们关注的。每个人都是灵与肉的结合；造物主在每个人身上受难。在每个人的身上，都有一个救世主被钉在十字架上。

如今，很少有人明白人究竟意味着什么。一些人感受到了这一点，便能更从容地赴死，就像当我将这个故事完成，我也会更加从容地死去一样。

我不会自诩洞彻世事。我曾是一个探寻者，直至今日依然如此。但如今我不再仰望星空或在书中找寻，而是开始聆听流淌于我身体中的血液的咆哮和低吟。我的故事并不令人开怀，也不像某些杜撰出来的故事那样美好和谐，它散发着荒谬、困惑、疯狂和梦幻的气息，一如那些再也不愿自我欺骗的人的生活。

每个人的生命都是一条通往自我的道路，是对某条道路的尝试，是来自某条小径的召唤。没有人能成为完全的自己，尽管如此，每一个人都在努力成为自己，有人迟钝，有人聪慧，但无一不是自己的方式。我们至死都携带着出生时的痕迹——来自最初世界的黏液和蛋壳。其中一些永远也无法成为人，停留在青蛙、蜥蜴或者蚂蚁的状态，有些人则是人身鱼尾。但是，每个人都是大自然对人性掷出的一枚骰子。我们共享着一个源头和母亲，我们都来自同一无底洞，只不过每个人都奋力尝试着从洞中挣脱去实现自我的目标。我们可以互相理解，但能够真正了解和领会自身的只有自己。

　　　　　　　　　　　　　　　　　赫尔曼·黑塞

目 录

第一章　两个世界

故事将从我十岁那年讲起，那时，我正在小镇上的拉丁语学校念书。

无数往日旧景和气味再度朝我扑面而来，痛楚和喜悦的震颤奔涌而出，叩击着心扉——或明或暗的街道、巷弄，林立的房屋和塔楼，敲响的钟声，人们的面孔，温暖舒适的房间，以及藏满秘密和恐惧的房间。那里飘散着温馨亲密的气味，兔子和女仆的气味，药物和干果的气味。在那儿，两个世界混合交融，白昼和黑夜在两极交替更迭。

其中的一个世界是我父亲的家，准确而言，它比这个世界还要狭窄，几乎只包含了我的父母。我对这个世界相当熟悉：它的名字是父亲和母亲，它意味着爱和严厉、教育和模范。属于这个世界的是轻柔闪耀的光辉，干净与整洁，安静友好的交谈；清洁的手，干净的衣服，良好的品行。清晨，这里会唱起赞美诗，圣诞节时会欢聚庆祝。在这个世界，通往未来的道路笔直而平坦，充满了责任和义务、愧疚和忏悔、宽恕和善意、爱和尊重、《圣经》和箴言。人们必须遵守这个世界的规则，由此生命才会变得清晰而纯洁，美丽又和谐。

与此同时，另一个世界有一部分覆盖着我们的家，却截然不同：它有着不一样的气味和说话方式，承诺和需要也完全不同。在第二个世界中，有女仆和工匠，有鬼故事和流言谣传，不断涌来形形色色诱人、可怕又神秘的东西，譬如屠宰场和监狱、酒鬼和泼妇、产仔的牛和断腿的马，以及关于盗窃、谋杀和自杀的故事。这些既美丽又恐怖、既野性又残忍的事情无处不在。在隔壁的街道上，警察和乞丐正四处游荡，在毗邻的屋子里，酒鬼正殴打妻子，女孩们纺织的线团从夜间的工厂中滚出来，老妇人可以施咒使人染病，成群的劫匪居住在森林中，纵火犯被乡村警察逮捕——这个强大的第二世界从四面八方涌现，它的气味无处不在，除了我的父亲和母亲所在的房间。我们的家平和、安宁又有序，富有责任和良知，充满仁慈和爱，这很美好，而另外的一切也存在着，那些喧闹又刺耳的、黑暗又暴力的存在，也十分美好。只需一步之遥你就能逃回母亲的怀抱。

最奇妙的是，这两个世界是如此紧密地连接在一起！举个例子，我们的女仆莉娜，当她在我们的客厅祷告，洗净的双手置于腿间摊开的围裙上，明亮的嗓音融入我们的歌唱之中时，她是完全属于父亲和母亲，属于我们所在的这个光明和追求真理的世界的。下一刻，当莉娜在厨房或者马厩里给我讲述无头侏儒的故事，或者在肉铺与邻居女人争吵时，她就变成了另一个世界的另一个人，浑身藏满了秘密。这种情况发生在所有人身上，尤其是我。诚然，我属于光明和追求真理的世界——我是我父母的孩子——但不管什么时候，我都能听见和看见另一个世界，尽管它使我感到陌生，常常唤起我内心的恐惧和愧疚，但我也生活在这个世界。有时，我甚至更喜欢这个隐蔽的世界，每当我回到光明的一方——这也是不可抗拒的——我常常感到那里更为无聊、冷清和沉闷。有时，我明白我的人生目标是成为像我父母那样的人：光明而纯洁，优秀而规矩。不过，要实现这一目标，我还有很长一段路要走，要学完各种各样的课程，参加并通过所有的测验和考试，而另一条道路，也就是那个黑暗世界，则一直在旁，我必须穿越它，一不小心就有可能停驻在那儿、深陷其中。我曾痴迷于阅读一些迷失少年的故事，他们就是这样误入了歧途。在这些故事中，回到光明世界总是一种救赎，这使我相信这是唯一正确、有益且值得追求的事情。然而，故事中那些关于迷失和邪恶的部分对我来说仍旧更加迷人，不得不承认，有时候浪子的回头和忏悔甚至让人心生遗憾。但那是人们不敢想更不会说出口的事。它只作为一种有过的暗示和可能，埋在意识的深处。在我的想象中，魔鬼可能会出现在楼下的街道，掩人耳目或者堂而皇之，或者出现在集市上、酒吧里，但永远不会出现在我的家中。

我的姐妹们也是光明世界的一员。我常常感觉她们在本性上更接近我的父母，她们举止更为得体、文雅，更加完美无瑕。当然，她们也有自己的缺点，但都不严重。她们不像我，常常与邪恶深入接触，与黑暗世界的距离近得多。姐妹们和父母一样，都值得被人呵护、受人尊敬，若是有人与她们发生争吵，事后必定会受到良心的谴责，认为错在自己，必须要去请求原谅，因为冒犯了她们就是冒犯了她们的父母，而他们是备受尊重的善人。有一些秘密，我宁愿分享给一些街头混混，也不愿分享给我的姐妹。在好日子里——天朗气清，我心怀坦荡时——与姐妹们玩耍常使我身心愉悦，我像她们一样，举止得体、行为端正。那是想做一个天使必须有的样子！那也是我们能想象出的最高境界，我们幻想着成为天使，周边环绕着明亮清澈的乐音，陶醉于圣诞和幸福的氛围之中，多么甜蜜和美好。但这样的日子实在太少！常常，在某种无害的游戏中，我也会因为太过投入和强势，使姐妹们感到无法忍受，从而引起争端和不快，当愤怒和指责向我袭来时，我就会变得可怕，口不择言，行为鲁莽，尽管我在这样做的同时也能感到这是多么恶劣。这之后，我便会懊悔不已，痛苦地乞求原谅，然后一段光明的时光又会出现，给我带来幸福。

我中学读的是拉丁语学校，与市长和林业局局长的儿子是同学，他们有时候会来家里找我玩。他们有些调皮、不羁，但仍旧属于那个光明、正派的世界。尽管如此，我也和那些我们瞧不上的来自公共学校的邻居男孩们有所接触，我的故事就是从其中一个男孩开始的。

那是一个假日的闲暇午后——那时我才十岁出头——我和邻居家的两个男孩正在四处闲逛。一个大一点的孩子突然向我们走来，他是裁缝的儿子，性情粗暴，身材强壮，十三岁了，在公立学校读书。他的父亲常年酗酒，整个家族名声都不好。弗朗茨·克罗默，我知道不少关于他的事情，我很怕他，对他加入我们感到不太情愿。他身上已经有了成年人的气息，言谈举止都效仿着那些厂里的年轻工人。我们跟随他从桥边下到河岸，躲进第一个桥洞。拱起的桥身和缓缓流动的河水之间有一块狭窄地带，上面除了垃圾——瓦砾、生锈的钢丝之类的玩意儿，什么也没有了。偶尔，人们也能在那里找到一些有用的东西，弗朗茨·克罗默命令我们在那一带翻找，将找到的东西交给他看，有些他会装进口袋，有些则直接扔进了河里。他让我们留意由铅、黄铜或者锡做成的东西，那些他都会留下，甚至包括一把破旧的牛角梳。他的存在令我感到不安，不仅是因为如果我的父亲知晓后会禁止我们来往，也是因为我对弗朗茨本人感到害怕。尽管如此，我还是很高兴他能够接纳我，对我跟对待其他人没什么不同。他下达命令，我们便遵循，像是老规矩一样，虽然那其实是我第一次和他来往。

结束后，我们坐到了地上。弗朗茨朝河水里吐了口唾沫，看起来像个成年男人；他从牙缝里吐出口水，精确击中每一个瞄准的目标。我们聊起天来，大家开始吹嘘自己在学校里的种种英雄事迹和恶作剧。我保持着沉默，又害怕会因此引起注意，使克罗默生气。我的两个伙伴从一开始就投靠了他，和我拉开距离，在他们中间，我是个异类，从着装到言行举止都与他们格格不入。我是拉丁语学校的学生，又家境优渥，弗朗茨绝不可能喜欢我，我也相信，只要时机适合，另外两人也会与我划清界限，将我抛下。

最后，纯粹出于恐惧，我也开始讲述自己的事迹。我编造了一个关于劫匪的故事，在其中充当了英雄。我讲道，某天晚上，在磨坊边的一个花园里，我和朋友偷了一整袋苹果，那不是普通的苹果，而是最好的金色莱茵特苹果。一时的恐惧让我试图借助这个故事从当下的险境中逃脱，杜撰和讲故事对我来说都易如反掌。为了不过早让场面再次陷入沉默，甚至是引来什么更麻烦的事情，我使出浑身解数：我们其中一个负责盯梢，另一个则从树上往下扔苹果，结果袋子太沉了，到最后我们不得不留下一半就走了，半小时后我们又折返回来拿走了留下的那些。当我讲完后，我本以为会得到热烈的回应，到最后我都被自己想象出来的场景弄得头昏脑热，沉湎其中。两个小男孩什么都没说，等待着弗朗茨的反应，然而他只是半眯着眼睛，像是要看透我，然后用一种威胁的语气问道："这是真事？"

"是的。"我说。

"千真万确？"

"千真万确。"我坚持道，心里却开始打鼓。

"你能发誓吗？"

我害怕极了，但仍旧脱口而出："能。"

"那你说：以上帝和幸福的名义。"

于是，我说："以上帝和幸福的名义。"

"好吧。"他嘟囔道，转过身去。

我以为万事大吉了，过了一会儿，他站起来，开始往回走，这让我感到高兴。当我们走到桥上时，我略带着涩地表示我得回家了。

"别着急，"弗朗茨大笑着说，"我们同路。"

他慢悠悠地踱着步，我不敢溜走，他也确实是朝我家的方向走去。当我们站在我家门口，我看见那扇大门和厚重的黄铜把手，看见窗边的阳光和母亲卧室的窗帘时，我不禁深深地呼出一口气。回家！太好了，终于回到我明亮安宁的家了！

我飞快地打开门，溜了进去，而当我想要关上身后的门时，弗朗茨跟着挤了进来。铺着石砖地板的走廊阴凉昏暗，只有院子里透进来的一点微光，他站在我身旁，抓着我的胳膊，低声说："着什么急！"

我面色惊恐地看着他，手臂像是被铁钳钳住了一样，我在心里揣测着他此刻的想法，担心他是不是要揍我。我想，如果我现在高声呼救，会不会有人冲出来救我？但我最终还是没有那样做。

"怎么了？"我问，"你想干什么？"

"没什么，我只是有点问题想问问你，其他人没必要知道。"

"好吧，那你想知道什么？你看，我得上楼了。"

"你知道磨坊附近的果园属于谁吧？"弗朗茨轻声说。

"我不知道，磨坊主？"

弗朗茨用胳膊环住我，将我拉过去正对着他，他逼近我，眼神邪恶，笑容不善，整张脸透出一股残忍和威势的力量。

"好吧，孩子，我可以告诉你那是谁的果园。我早就听说有人偷了他的苹果，我还知道，园主说过，如果有人告诉他谁偷了他的苹果，他就会给那个人两马克。"

"我的天！"我大叫道，"你不会告诉他吧？"

显而易见，荣誉感对他来讲毫无吸引力。他来自另一个世界。对他而言，背叛并不是罪过。对此，我一清二楚。在这一点上，来自"另一个"世界的人与我们截然不同。

"不告诉他？"克罗默笑起来，"朋友，你以为我是谁？造假钱的？可以自己造出两马克硬币？我是个穷光蛋，不像你有一个富爸爸。有能赚到两马克的机会，我就一定会去赚。说不定他还能给我更多。"

他猛地放开了我。门廊不再散发出静谧祥和的气息，世界在我周围轰然倒塌。他会告发我，我是个罪犯，我的父亲会知道这件事，甚至会惊动警察。混乱的恐怖威胁着我，一切丑陋而危险的东西都朝我涌来。我没有偷窃任何东西的事实已经毫无意义——我发了相反的誓。我的天！我的老天爷！

我的眼眶涌出泪水。我感到必须要赎回我的清白，于是开始在所有的口袋里拼命翻找。没有苹果，没有小刀——什么都没有。我想起了我的手表，那是我祖母的一只旧的银手表，早就不能走了，我戴着它只是"装装样子"。我赶紧将它从手腕上摘下来。

"克罗默，听着，"我说，"不要告发我，那样做是不对的。我把我的手表送给你，你瞧，我很抱歉，但我只有这个东西了，你可以拿走它，它是银质的，做工不错，只是有点小毛病，修修就好了。"

他笑着将这块表放在他的大手上。我看着那只手，它是多么粗野又充满敌意，想要打破我宁静的生活。

"它是银的。"我怯生生地开口。

"我才不在乎你的手表是银的还是什么破烂玩意儿！"他轻蔑地说，"自己修去吧！"

"弗朗茨，"我哭着开口，声音发颤，害怕他走掉，"等一等，你拿着这只表吧！它真是银的，千真万确。我没有别的东西了。"

他冷冷地、不屑地看着我。

"行吧，你知道我会去找谁，或者我也可以去警察那儿，我跟巡警有些交情。"

他转身要走，我拽住他的袖子将他拉回来。我不能让他就这么走掉。与其承受他走之后我要面对的一切，我宁愿去死。

"弗朗茨！"我哑着嗓子哀求道，"别做傻事，你只是在开玩笑，对吧？"

"对，确实只是个玩笑，只不过你可能要付出不小的代价。"

"弗朗茨，告诉我，我能干什么？我什么都愿意做！"

他眯起眼睛打量着我，再次笑起来。

"别傻了，"他虚情假意地说，"咱俩都清楚，我能赚到两马克。我可不是个有钱人，能随随便便放弃这笔钱，但你很有钱，还有一块表呢。你只需要给我两马克，这事就能一笔勾销。"

我理解他的意思。但是两马克！对我来说，那和十马克、一百马克、一千马克一样遥不可及。我身无分文。我只有一个放在母亲那儿的小存钱罐。当亲戚来拜访时，里面会装进他们给我的五分钱或十分钱。那就是我的全部财产。那时，我还没有零花钱。

"我确实没有，"我伤心地说，"一点儿钱也没有。不过我可以给你其他任何东西。我有一本讲印第安人的书，一个锡士兵玩具，还有一个罗盘。你稍等，我这就去给你拿。"

克罗默用嘴拧出一个冷笑，然后往地上啐了一口。

"少啰唆！"他命令道，"收好你那些破烂玩意儿吧。罗盘！别惹我不痛快，听见了吗？我要的是钱。"

"我真的没钱，从来都没有，我也没办法。"

"行了，你明天给我带两马克来。放学之后，我会在集市附近等你。就这么定了。如果你没带，有你好看！"

"可我真的没有，要从哪儿去弄到钱呢？天哪，要是我没弄到钱……"

"你家里有的是钱。那是你的事。明天放学后。我告诉你，如果你没带来……"他狠狠地瞪了我一眼，又吐了一口唾沫，便像影子一样消失了。

我连上楼的力气都没了。我的生活被毁掉。我想过一走了之，再也不回来，甚至是投河自尽。但这些念头也就是一闪而过。在黑暗中，我坐在楼梯最下面的台阶上，蜷作一团，沉浸在痛苦之中。莉娜拿着篮子下楼去捡木头时，才发现正在哭泣的我。

我请求她不要跟任何人提起这件事，然后就上楼去了。右侧的玻璃门上悬挂着我父亲的帽子和母亲的阳伞，它们带给我一种家的温馨舒适，我的内心充满了感激，就像浪子迷途知返时看见了旧日的房屋，闻到了熟悉的气息。但是，这些都不再属于我，它们都属于我父母所在的那个光明的世界，而我则身怀罪恶深陷于一个陌生的世界，冒险和罪孽纠缠着我，敌人窥探着，危险、恐惧和羞耻感伺机环绕。礼帽和阳伞，精致的旧砂岩地板，门厅壁橱悬挂的巨幅壁画，从起居室传来的姐妹们的声音——它们从未像今天这样动人、珍贵和美好，然而却不再是给我带来庇护和安慰的避难所，而只是单纯的责备。它们都不再属于我——我无法再融入这种安静的喜悦中了。我的双脚已满是泥泞，无法将它们在地垫上擦除，我周身笼罩着阴霾，而家人对此一无所知。我有过无数秘密，也曾多次为之担忧、恐惧，然而比起今天带回家的这片阴霾，它们都不过是游戏。命运在追赶着我，对我伸出利爪，就连母亲也无法再保护我免受其扰，她绝不能知道这些事情。我的罪过是偷盗还是撒谎（难道我没有以上帝和幸福的名义起誓？）已无关紧要。我的罪过不在于这些，而在于我对魔鬼伸出了双手。为什么我会跟着他们走？为什么我对弗朗茨言听计从甚至超过了对父亲的顺从？为什么我要编造出偷苹果的故事？为什么我要对一次罪行大吹大擂好像那是什么英勇壮举？现在我与魔鬼手牵手了，敌人正尾随在我身后。

有那么一个瞬间，我不再害怕明天会发生什么，真正使我恐惧的是一个事实，那就是我正走在一条不断向下、越来越黑暗的道路上。我可以清楚地意识到，这一过错必将引发新的错误，我面对姐妹们时的言行、与父母的拥抱和亲吻都将变成谎言，现在，我要背负着不为人知的命运和秘密生活了。

当我望着父亲的礼帽时，我的心中燃起了一簇希望和信任的火苗。我要对他坦白一切，接受他的审判和惩罚，让他成为我忏悔的对象和拯救者。就像之前那样，我会忏悔、受到责罚，度过一小段苦涩煎熬的时光，再满心懊悔地请求原谅。

这听起来多么美好、诱人啊！可无济于事。我知道我不会这么做。我知道，我现在有了一个秘密、一桩罪行，我必须独自承担。也许我正站在一个十字路口，也许从现在起，我就将永远属于恶的那方，与恶人分享秘密，依赖他们，服从他们，身不由己地成为他们的一员。我吹嘘自己是男子汉，是英雄，现在，我就要为此付出代价了。

走进房间时，父亲责备我把靴子弄湿了，这让我感到高兴。鞋子的事分散了他的注意力，使他没能察觉有更糟糕的事发生了，我接受了他的批评，心中却暗自将它转移到另外那件更糟糕的事上。此时，我的心中升起一种全新的奇特的感觉，邪恶又刻薄：我竟然在面对父亲时产生了优越感！有那么一刻，父亲的无知让我感到轻蔑，他对我弄湿了鞋子的责备是那么琐碎而无关紧要。"要是你知道就好了！"我心想。自己就像一个杀人犯，却只受到了有没有偷盗面包圈的审问。那种感觉丑陋而令人厌恶，但它又是那么强烈，深深地吸引着我，没有任何想法像它那样，将我和我的秘密以及罪行紧紧地联系在一起。也许弗朗茨已经去警局告发了我，也许风暴早已聚集在我的头顶，而他们还将我当作一个孩子！

这个时刻是我所讲述的这段经历中最为重要的时刻，影响也最为深远。那是父亲的神圣形象第一次有了罅隙，也是我童年时代所倚靠的支柱产生的第一道裂纹，每个人在真正成为自己之前都必须将它推倒。我们命运的内在脉络就是由这些不为人知的体验所组成的。这些缝隙、裂痕最终都会重新长拢，愈合，然后被遗忘，然而，在我们隐秘的内心深处，它们依然存在且在继续流血。

我很快就被这种新感觉给吓坏了。我恨不得跪倒在父亲的面前亲吻他的双脚，以请求他的原谅。但在真正关键的事情上，人们很难求得原谅，这个道理，孩子也和任何年龄段的人一样明白。

我感到有必要思考一下自己现下的处境，为明天做做打算。但我做不到。整个晚上，我都在尽力适应客厅里不同寻常的氛围。墙上的挂钟、桌子、《圣经》、镜子、书架和挂画——它们似乎都在向我告别，我心凉如水，只能眼睁睁地看着我的世界、幸福的生活离我而去，变成回忆。我不禁感到自己脚下正在生长新的根须，它们深深地扎进外面某个黑暗的异乡之中。第一次，我尝到了死亡的滋味，它是苦涩的，因为死亡就是新生，充满了对未知世界的畏惧和焦虑。

终于躺回到床上时，我才感到一丝高兴，在这之前，我忍受了最后一场折磨，大家一块儿唱了一首我最喜欢的祈祷歌。我感到无法融入，每一个音符都让我烦躁不安。当我父亲吟诵祝祷词时，当他最后念出"上帝与我们同在"时，我的心中有什么破碎掉了，我被永远地排除在了这个亲密的圈子之外。上帝的仁慈与他们同在，却再也不会伴随着我了。我又冷又累，离开了他们。

当我在床上躺了一会儿，被一阵温暖和安全的感觉包围后，我的心再一次在困惑迷茫中被找回来，并因为发生的事情而惴惴不安着。母亲一如既往跟我道了晚安。她的脚步声仍旧在隔壁的房间里回响着，闪烁的烛光依旧从门缝那儿透进来。那一刻，我想，她还会再回来，她察觉到了什么，她会给我一个吻然后亲切地询问我，然后我会哭起来，打开我的心结，我会抱住她，一切就会好起来，我会就此得救！甚至在门缝暗下去后，我仍在继续听着，笃定地认为它一定会发生。

然后，我又回到了那些烦心事上，凝视着眼前的敌人。我可以清楚地看见他的面容，一只眼睛眯着，嘴角带着粗鲁的微笑，我盯着他，一种无法摆脱的宿命感涌上心间，此时，他就变得越发庞大和丑陋，那只邪恶的眼睛则闪烁起恶魔般的光。他始终在我身旁，直至我进入梦乡，然而，我并没有梦见他或者当天发生的一切。我梦见了我的父母、姐妹，我们划着一只船，被假日的宁静和阳光包围着。午夜梦醒，我仍然能回味起那种幸福的感觉，仍然能看见姐妹们身着白色夏裙在阳光下闪闪发光，下一刻，我就从天堂跌回到现实。敌人那恶魔般的眼睛出现在眼前。

第二天早上，母亲急匆匆地走进房间，责备我为什么这么晚还躺在床上。我看起来病恹恹的。当她询问我是不是有哪里不舒服时，我突然吐了出来。

这似乎是一种意外收获。我喜欢生一些小病。整个早上都待在床上，喝着甘菊茶，听母亲在隔壁收拾房间或者莉娜与屠夫在走廊交谈的声音。不用上学的早晨像是有魔法，在房间里跳跃的阳光和学校里被绿窗帘挡住的阳光并不相同。然而，今天，这些仍旧没有使我感到快乐，有什么地方不对劲。

如果我死了就好了！然而，跟往常一样，我只是有点不舒服，这点小病可以让我免了上学的苦差事，却没办法让我避开弗朗茨·克罗默，十一点时，他会在集市等着我。母亲的周到体贴并没有给我带来安慰，反倒让我感到负担和痛苦。为了能一个人待着想法子，我装作又睡着了。但我毫无办法。十一点时，我必须赶到集市。十点左右，我悄悄地穿好衣服，宣称自己好多了。通常，在这种情况下，他们会给我两个选择：要么直接回到床上去睡觉，要么就是下午去学校上课。我表示愿意去上学。我已经想出了一个计划。

我不能口袋空空地去见克罗默。我必须得拿到属于我的那个存钱罐。那里面钱不够，这我知道，但多少还是有一点，直觉告诉我，有点总比没有好，至少能暂时安抚一下克罗默。

我穿着袜子，蹑手蹑脚地溜进母亲的房间，从桌子上拿走了存钱罐，做这些时，我感觉很糟糕，但总归没有前一天那么糟糕。我的心脏跳得像是快要窒息了。当我走下楼梯，才发现存钱罐被锁上了，我的心跳得更加猛烈了。罐子很容易砸开，只需要弄掉一层薄薄的铁皮网，打开的裂口弄疼了我，直到那时，我才真正变成了一个小偷。在此之前，我也偷吃过一些糖果或水果，但这次却是实实在在的偷盗，即使这些钱本来就属于我。现在，我感觉自己离克罗默和他的世界又近了一步，事情正在一点一点地变得更加糟糕。我只能硬着头皮去面对。就让魔鬼带走我吧！没有回头路了。我紧张地数着钱，那个罐子听上去满满当当，到我手里钱却少得可怜。只有六十五分钱。我将罐子藏在楼下的走廊里，攥着钱离开了家，走出门时，我的心情与平时迥然不同。楼上似乎有人在叫我，但我飞快地逃开了。

时间还很充裕。我特意绕了远路，穿行在这个变样了的城市的街巷间，头顶上方飘浮着我从未见过的云朵，路过的房屋都对我紧紧盯视，与我擦肩的行人都对我投来怀疑的目光。途中，我突然想起来，我有个同学曾在牲畜集市上捡到一枚泰勒币。我也愿意向上帝祈祷，祈求同样的奇迹能够降临在我身上。但我已失去祈祷的权利。我再也没有权利去祈祷了。况且，无论如何，我的存钱罐也无法恢复原样了。

弗朗茨·克罗默老远就看见了我，但他还是慢悠悠地走过来，像是完全没有注意到我一样。他走近时，做了一个手势让我跟上他，然后就继续头也不回地往前走，他走进了斯托巷，穿过人行桥，走到城郊的一排新建的房屋前才停下脚步。那里没有人在施工，墙壁光秃秃的，门窗都还没装上。克罗默环顾了四周，就穿过大门走了进去。我紧随其后。他走到一面墙后，招手让我过去，然后朝我伸出手。

"带来了吗？"他冷冷地开口。

我从口袋里抽出攥紧的手，将钱倒进他的掌心。还没等最后一个五分硬币哐当落下，他已经点清了钱。

"才六十五分。"他看着我说。

"是的，"我有些不好意思，"我只有这些了。我知道不够，但这就是我全部的钱了。"

"我以为你脑子会更灵光一点，"他几乎是温柔地责备我，

"体面人知道怎么做事。数目不对，我可不收。你知道的。来，拿好你的零钱。另外那个家伙，你知道我说的是谁，他可不会讨价还价，他会直接付清全款。"

"我真的没有了！这是我存钱罐里所有的积蓄了。"

"那是你的事，但我也不想让你不好过。你还欠我一马克三十五分，我什么时候能拿到？"

"你肯定会拿到的，克罗默，绝对会。时间我现在还说不准——说不准很快就有了，明天或者后天。你也知道，我不能告诉我爸这件事。"

"那跟我没关系。我也不想害你。我本来午饭前就能拿到钱的，你知道，我是个穷光蛋。你穿着漂亮衣服，午饭也吃得比我好多了。但我也不会说什么。那我就再等一等。后天下午，我会吹口哨给你，你留意着点。听过我的口哨吗？"

他给我吹了段口哨。其实我已经听过不少次了。

"听过，"我说，"我听过。"

他离开了，像是不认识我一样。我们之间只有交易，仅此而已。

即使到了今天，如果我又突然听到克罗默的口哨，我想，我还是会感到害怕。从那一天起，那个哨声就无时无刻不在我耳边响起。无论我在什么地方，做什么游戏，思考什么事情，那个口哨声都会突然出现，干扰我，使我分心，那个口哨声使我成了他的奴隶，这已注定。有时，在秋日绚丽而温和的午后，当我待在心爱的家中小花园里，会突发奇想地玩起某个年少时玩过的游戏：在游戏里，我成了一个更年幼的男孩，仍然善良而自由，无辜而安全。但是，其间克罗默的口哨声总会突然从某处响起，尽管在意料之中，但仍旧会让我惊恐不已，他的口哨声切断了我的遐思，毁掉了幻想中的游戏。然后，我不得不跟着这个虐待者，去某个肮脏下流的地方，为自己的困窘辩解，听任他催促、勒索。这样的情况持续了几周，对我而言却仿佛过去数年，甚至是永恒。我手里很少会有钱，顶多只有我偷来的莉娜落在厨房桌台上的五分或者十分钱。每一次，克罗默都会咒骂我、羞辱我，指责是我剥夺了他本该有的权利，偷了他的东西，使他变得不幸。我一生中从未遭受过这样的折磨，也从未陷入过如此无助的困境。

我将筹码塞满了存钱罐，把它放回了原位，没有人问起过这件事，但这件事被戳破的可能始终悬在我的头顶。比克罗默的口哨更让我恐惧的是，每次母亲迈着轻柔的脚步向我走来时，我都会担心她是不是要来问我有关存钱罐的事。

因为我总是两手空空地出现，克罗默开始用其他方式折磨我、利用我。我不得不替他办事。他要帮他父亲送货，于是我就得去干这些活。或者，他会想方设法地刁难我，像是单腿跳十分钟，在路人的外套上贴纸条。许许多多个夜里，我在梦中仍旧遭受着这些折磨，这些噩梦常常使我浑身汗透。

有一段时间，我真的生病了。我经常呕吐，白天打战，到了晚上则会盗汗、发烧。母亲察觉到了有什么不对劲，对我呵护有加，但这只能让我感到更加痛苦，因为我不能对她坦诚相对。

一天晚上，我已经躺在床上了，她给我拿来了一块巧克力。那是我幼年时的一个习惯，每当我表现良好，晚上入睡前就能得到一点类似的奖励。这一次，当她站在那里，将那块巧克力拿给我时，我满心酸涩，只能摇摇头。她抚摸着我的头发问我怎么了。我只能大叫："不！我什么都不想要。"于是，她把巧克力放在床头柜上就离开了。第二天早上，她想要问问我前一晚发生的事，我却装作听不懂她的意思。她还带我看过一次医生，他给我做了检查，建议我每天早上进行冷水浴。

那段时间，我就像是精神错乱了。在我们井然有序、和谐安宁的家中，我如同幽灵一样胆怯而痛苦地活着，对旁人的生活毫不关心，满心沉浸在自己的处境之中。父亲常常为此生气地责备我，但我都只会冷漠以对。

第二章　该　隐

拯救我脱离苦海的救星以一种意想不到的方式出现了，与此同时，这也给我的生活带来了新的东西，至今仍对我有所影响。

　　我们学校招收了一名新学生。他是一位刚搬到我们城里的富有寡妇的儿子，衣袖上还佩戴着黑纱。他比我年长几岁，被分到更高一个年级。尽管如此，我还是无法不注意到他，其他人也是如此。这个引人瞩目的学生看起来比实际年龄更大，事实上，在大家眼中，他根本不像个孩子。与我们不同，他看上去古怪而成熟，像个成熟男人或者说一位绅士。他不太受欢迎，从不参加我们的游戏，更别说日常打闹，只不过，在面对老师时，他的语气总是坚定而自信的，这赢得了大家的钦佩。他的名字叫马克斯·德米安。

　　一天，因为某些缘故，另一个班被加进我们所在的大教室上课，这也是常发生的事。那刚好是德米安的班级。我们这些低一级的在上一节《圣经》课，高年级的则被安排写一篇论文。当老师向我们灌输该隐和亚伯的故事时，我总是看向德米安，他的脸庞对我有着一种特殊的吸引力，我发现，当他低头认真专注地学习时，脸上就显露出聪颖、坚毅。这使他看上去根本不像一个在做作业的学生，而像正在研究某个问题的学者。我对他的印象说不上好，相反，他甚至让我有些反感，他看起来太过高傲、冷漠，过于自信的举止充满挑衅的意味，他的眼睛透露出成年人才有的神情，略带忧伤又不乏戏谑，而孩子从不喜欢那样。然而，我还是忍不住时不时地看向他，不管出于喜欢还是讨厌。有那么一刻，他似乎也将视线朝我瞥来，我立马慌张地移开了目光。如今，回想起他当年还是学生时的样子，我只能说，他在各个方面都与众不同，全然是他自己，有着鲜明的个人特质，因此备受关注，然而，他又在尽力不引人注意，他的言行举止如同一位便装出行的王子，身处一帮乡村孩童之间，煞费苦心地想要看上去是他们中的一员。

放学回家的路上，他走在我后面，等到其他人都离开之后，他走到我身边，同我打了个招呼。问候我时，他尽力模仿着学校其他男孩的语调，但依旧成熟而客套。

"我们一块儿走走好吗？"他问道。我感到受宠若惊，点了点头。然后，我告诉了他我的住处。

"是那儿啊！"他笑着说，"我知道那栋房子。它的大门上有一些奇怪的东西，我当时就觉得很有趣。"

我一时没弄懂他指的是什么，很惊讶他竟然比我还了解我住的房子。他指的大概是我家入口拱门上的拱顶石，那应该是一枚盾形徽章，不过年头已久，已经被磨损和粉刷多次了。据我所知，那枚徽章与我的家族并无关系。

"我对那个一无所知，"我有些羞惭地说，"那可能是一只鸟或者什么类似的东西，应该挺古老了。这栋房子据说曾经是修道院的一部分。"

"很有可能，"他点点头，"有时间好好看一看吧！这样的东西很有意思的。我想那应该是一只雀鹰。"

我们继续走着。我感到十分局促。突然，德米安大笑起来，仿佛想起了什么有趣的事。

"对了，我也听了你们的课，"他突然开口，"额头上有一个印记的该隐的故事，你喜欢吗？"

不，我并不喜欢那个故事。我几乎不喜欢任何需要被迫去学的东西。但我不敢承认这一点，因为我觉得我是在跟一位成年人交谈。于是，我谎称自己很喜欢那个故事。德米安拍了拍我的背。

"你不用在我面前伪装。不过，这个故事其实很了不起。比我们在学校里听到的大多数故事都了不起。你的老师讲得不太深入。他只提了上帝和原罪那老一套的东西，不过，我相信——"他顿了一下，微笑着问我，"你对这些感兴趣吗？"

"其实，我想，"他继续说，"该隐的故事可以有一个相当不同的阐述。老师教给我们的绝大多数知识都是真实确切的，但我们可以从一个不同于老师的角度去理解它们，大多数时候，它们都会变得更有意义。比如说，对于该隐和他额头上的印记的故事，老师的解释就并不令人满意。你不这样认为吗？一个人用石头砸死了自己的兄弟，事后感到恐慌和愧疚，这是完全有可能的。但他却因为懦弱而被奖励了一枚特殊的勋章，可以使人恐惧，为他提供庇护，这就实在太不可思议了，不是吗？"

"当然，"我兴趣盎然地说，这个观点开始吸引我了，"那另一种阐释是什么样的？"

他拍了拍我的肩膀。

"很简单！这个故事的首要元素，也就是它的真实开端，其实正是那个标记。有一个男人，他的脸上长了一个令人恐惧的东西。他们不敢接近他，他和他的孩子都让人印象深刻。我们可以猜想，不，可以肯定，他额头上并没有一个印记，就像邮戳那样，生活中很少会出现那样粗浅直白的事情。更有可能的是，他给人一种难以捉摸的印象，或者是目光比常人更加睿智和大胆。这个男人很强大，只有怀着敬畏之心才能接近他。他有一个印记。随便怎么解释它都行。人们总是倾向于更合乎自己心意的说法。他们害怕该隐的孩子，他们也是带着印记出生的。因此，人们没有如实地将这个印记描述成一种荣誉，而是反其道而行之。他们说：'那些带有印记之人，他们都是怪异之人。'他们也确实是。勇敢而富有个性的人对其他人而言总是深不可测的。这样一群无畏又难以捉摸的人自由地四处游走，让人们感到不悦，于是他们就给这群人取了绰号并写进寓言故事之中，加以报复，以补偿他们所感到的恐惧——你明白了吗？"

"嗯，也就是说，该隐其实根本就不是什么恶人？那《圣经》里的这个故事也都不是真的了？"

"是也不是。这种古老的故事一般都是真的，只不过它们并不一定被如实记录了下来，也常常没有得到正确的阐释。简而言之，我的意思是，该隐是一个好人，人们因为惧怕他，才在他身上编造出这样的故事。这个故事只是一个谣言，一些闲来无聊的谈资，只有一点是真实的，那就是该隐和他的孩子们确实有着某种异于常人的印记。"

我震惊不已。

"所以你认为，他杀害兄弟这件事也不是真的了？"我入迷地问。

"哦，那当然是真的。强者杀死了弱者。存疑的是那是否是他的兄弟，但这也不重要。毕竟，最终所有人都是兄弟。也就是说，一个强者杀死了一个弱者：或许那是一个英雄之举，也或许不是。但无论如何，其他弱者从此以后都会害怕他，怨声载道，如果你问他们：'你们为什么不反过来杀了他？'他们不会说：'因为我们是懦夫。'而只会说：'不能这样做，他有印记。那是上帝赐予他的。'谎言大概就是这样产生的。啊，就这样吧，我发现我耽误你回家了，再见！"

他转身拐进阿尔特巷，留我一个人站在原地，心中感到前所未有的震惊。他一离开，他刚刚所说的一切就变得让人难以置信了。该隐是一个高贵的人，亚伯则是个懦夫！该隐的印记是荣誉的勋章！这太荒唐了，简直是亵渎，是有罪的！这样的话，那我们的主在哪儿？上帝接受了亚伯的献祭，不是吗？他不爱亚伯吗？不，这太蠢了。我感觉德米安只是在戏弄我，让我误入歧途。他真是个聪明的家伙，善于言辞，不过，不——我从未如此深入地思考过《圣经》里的故事或者任何其他故事。我也有很长一段时间没有像现在这样完全忘了弗朗茨·克罗默，好几个小时，一整个晚上，我都没有想起他来。我在家重读了一遍《圣经》里的这个故事。它简洁明了，想要从中找寻出某种特殊的神秘意义无疑是疯了。如果德米安是对的，那么任何杀人犯都可以说是上帝的宠儿！这简直是胡言乱语。使我感到快活的是德米安讲述这些事情的方式，轻松愉悦，就好像它本身就是不证自明的，再加上他的那双眼睛！

当然，我自己的情况并不如意，生活陷入了巨大的混乱之中。我曾经生活在一个光明、纯净的世界，就像亚伯，现在的我则落入了"另一个世界",深陷其中,无法自拔。我该怎么办呢?此时,一段回忆突然在脑海中闪现,让我不能呼吸。在那个厄运降临的不幸夜晚,当我和父亲在一起时,有一刻,我看穿了他和他所在的光明世界和智慧,并且心生鄙夷!是的,在那一刻,我认为自己就是该隐,有着与生俱来的印记,那不是耻辱而是荣誉的勋章。不幸和恶毒使我自认为优于父亲,也优于所有正派和虔诚的人。

经历那一刻时,我还没有将它想得明白透彻,但所有的念头都已经包含其中,它是一种油然而生的情感,奇特地萌发出来,既刺痛我又使我感到骄傲。

当我想到德米安是如何奇特地谈论勇者和懦夫,如何奇特地解释该隐前额的印记,以及他讲话时那双非凡的、成熟的眼睛所燃起的光芒,一个模糊的念头就闪过我的脑海:德米安在某种意义上不就是该隐吗?如果不是感同身受,他为什么会为该隐辩护?他的眼睛里又为何会藏有那样的力量?为什么他会用那样轻蔑的口吻谈论那些恐惧的"其他人"?他们其实才是上帝选中的虔诚者啊!

关于这些问题的答案我不得而知。就像一块石头落入了井中,而这口井就是我年轻的心。在这之后很长一段时间里,该隐的故事、谋杀和那个印记都是我在追求知识、有所怀疑和批评时的起点。

我注意到学校里的其他同学也十分关注德米安。我没有对任何人提起过他所说的该隐的故事，但其他人似乎对他也很感兴趣。那时，学校里流传起不少关于这个"新同学"的流言。要是我还能将它们全部记起就好了，每一条流言都会反映出他的某个侧面，每一条都有其深意。最开始传说德米安的母亲非常有钱。也有人说她从不去教堂，儿子也从来不去。还有人说他们是犹太人，也可能是伊斯兰教徒。此外，还有关于马克斯·德米安体力过人的传闻。这是可以被证实的：德米安班上最强壮的男孩挑衅他，遭到拒绝后称他为懦夫，最终被他狠狠地羞辱了一番。据在场的旁观者说，德米安只是用手掐住了那个男孩的脖子，他的面色就开始发白，后来，男孩哭着逃走了，好几天手臂都没法动弹。一天晚上，有一些男生还声称这个男孩死掉了。有一段时间，再夸张的谣言都有人相信，大家为此兴奋不已。后来，平息了一段时间。不久后，新的谣言又开始传播起来，有人声称，德米安与女孩们关系亲密，"无所不知"。

　　与此同时，我和克罗默的交易还是不可避免地在继续。我摆脱不了他，即使他有一阵子没来烦我，我也仍旧与他绑在一起。他萦绕在我的梦中，那些他在现实生活中没对我做的事情，我的想象会在梦中让它们发生，梦里，我完全成了他的奴隶。我本来就是一个多梦者，梦里的我比现实生活中更加活跃，这些梦魇夺去了我的健康和活力。一个噩梦反复出现，梦中，克罗默虐待我，对我吐口水，让我下跪，更糟糕的是，引诱我去犯下最可怕的罪行——与其说是引诱，不如说是暴力强迫。其中有一个梦恐怖至极，醒来后我几乎疯了，在梦中我残忍地杀害了我的父亲。克罗默磨好一把刀，递给了我，我们站在一条大道的树丛后，等待着某人，而我不知道这个人是谁。有人出现了，克罗默推了推我的胳膊，告诉我要刺死的就是他——我的父亲。然后，我就惊醒过来。

尽管我会将这些事情与该隐和亚伯的故事联系起来，但我很少会想到德米安。奇怪的是，他再一次与我产生联系是在梦中。一如既往，梦里的我仍旧在遭受着折磨。然而，这一次，跪在我身上的不是克罗默而是德米安。让我印象深刻的是，所有我在克罗默的手下所感到的痛苦和折磨，换成德米安后，竟被我全部欣然接受了，夹杂着狂喜和恐惧。那样的梦出现过两次，然后克罗默就又回来了。

我早已没办法分清梦境和现实生活了。无论如何，我和克罗默的这种扭曲、恶心的关系一直在继续，即使我通过不断地小偷小摸凑齐了钱还清了欠债，这种关系也仍旧没有结束。没过多久，他就知道了我所犯下的这些盗窃行径，因为他总是问我钱都是哪儿来的，因此我更加受他的控制了。他常常威胁我要将这一切告诉我的父亲，我既害怕又自责，深深地懊悔自己当初没有对父亲坦白。与此同时，尽管痛苦不堪，我也没有对发生的一切时时感到后悔，有时，我甚至觉得一切就该如此。厄运就正悬于我的头顶，试图摆脱它是毫无意义的。

可想而知，在那样的情况下，我的父母也很痛苦。我变得性情古怪，不再能融入这个曾经温馨亲密的家庭，尽管我时常感到一种强烈的想要回归的渴望，仿佛渴望逝去的乐园一般。家里的人，尤其是母亲，将我看成一个生病的孩子而非坏孩子，但我的真实处境，从我两个姐妹的态度中可以看得更清。她们对我出奇地小心翼翼，但这却让我难受，意识到自己被当成了疯子，应该同情和怜悯，而不应被指责，但恶确实已经占领了我的心。我知道她们在用一种不同以往的方式为我祈祷，可悲的是，我觉得这样做毫无用处。我常常感到一种强烈的想要解脱的愿望，想真诚地坦白一切，但是我也早就清楚，我无法向父母坦诚并说明这一切。我知道，他们会善意地接受我所说的东西，对我温柔以待，甚至心怀歉疚，但他们不能真正地理解我，他们会将这一切视作某种一时的偏差，然而事实上那是我的命运。

我知道有些人可能很难相信，一个不满十一岁的孩子会有这样的感受。我的故事不是说给他们听的，而是说给那些更了解人心的人的。有些人在成年后才学会将一些情感转化为思想，孩童时期缺乏这样的体验，就断定其他人也没有这样的经历。然而，在我的生命中，很少有像那时那样深深地感到折磨和痛苦的时候。

某个雨天，折磨我的那个人又命令我到博格广场去。我站在那儿等待着他，脚踢着不断从黑色的湿淋淋的栗树上掉落的叶子。我身无分文，只带了两块蛋糕，这样好歹有什么可以给克罗默。我早已习惯了站在某个角落，长时间地等待他。我接受了这一切，就像你不得不接受某些不可避免的事一样。

克罗默终于来了，这次只待了一会儿。他戳了几下我的肋骨，笑着夺走了蛋糕，甚至还递给我一根湿漉漉的烟（我没有拿），态度比平时友好许多。

"对了，"他离开时说道，"我差点忘了，下次你可以带你姐姐一起来，她叫什么名字来着？"

我搞不懂他的意思，没出声，只是惊讶地看着他。

"你明白我是什么意思吧？把你姐姐带过来。"

"不，克罗默，那是不可能的。我办不到，她也不会愿意来的。"

我想，这也许又是他捉弄我的某种把戏。他经常这样做，提出一些实现不了的要求，恐吓我，羞辱我，最后再来讨价还价，我就不得不做出一些补偿，钱或者别的什么东西，来让自己脱身。

这一次却完全不同。被我拒绝后，他甚至一点儿也没有生气。

"好吧，"他心不在焉地说，"你好好想想吧。我想见见你姐姐。这事没那么难，你可以只是带她散散步，然后我来找你们。明天我会吹口哨给你，到时候咱们再聊聊这事。"

他离开后，我突然明白他想干什么了。那时我还完全是个孩子，但也听说过，男孩和女孩在长大之后会一起偷偷做一些神神秘秘、不合规矩的事。现在他竟然要求我——我瞬间意识到，这件事有多可怕！我立马下定决心，无论如何也不能那样做。但是，接下来会发生什么，克罗默会怎么报复我，我连想都不敢想。新一轮的折磨又开始了，像是我还没有受够一样！

我痛苦万分，穿过空荡荡的广场，手揣在兜里。新的折磨，新的奴役！

这时，一个明亮又深沉的声音叫出了我的名字。我吓了一跳，开始跑起来。一个人也追着我跑起来，从后面用手轻轻地抓住了我。原来是马克斯·德米安。

我这才停下脚步。

"怎么是你？"我不敢置信地说，"你吓了我一跳！"

他看着我，目光带着一种从未有过的成熟、深邃，像是可以看穿我一样。我们已经很久没有说过话了。

"对不起，"他礼貌而又果断地说，"不过你好端端的不至于被吓成那样。"

"唔，有时候就是会这样。"

"话虽如此。但是，你想，如果有人没有对你做任何事，你却吓成那样，那对方就会产生疑惑。他会感到惊讶，产生好奇，觉得你这样惶恐不安很奇怪，然后，他还会想，人们在极度恐惧的时候就会这样。懦夫什么都怕。不过我不认为你是懦夫。不是吗？但我也知道你不是一个英雄。你也有害怕的人和事。但那是没必要的。我们不应该害怕任何人。你不害怕我，对吗？"

"啊，不，完全不。"

"这就对了，那你有害怕的人吗？"

"我不知道……让我走吧，你想干什么？"

他跟着我，我加快了脚步，想要逃跑，却能感觉到他一直从侧面注视着我。

"你就假设，"他又开口了，"我只是好意，不管怎么样，你都无须害怕我。我想跟你做一个实验，很好玩，或许还能学到点有用的东西。听好了！有时候，我会尝试一些被称之为读心术的东西，其实就是心理活动的分析。这不是魔法，但是如果不知道其中的原理，它看上去就会显得挺神秘，让人们觉得不可思议。让我们来试试看。我喜欢你，或者说，我对你很感兴趣，想要知道你心里是怎么想的。我已经完成了第一步：吓到你，这意味着你很紧张。所以肯定有什么人或者事是你害怕的。接下来就是为什么了。你本不应该害怕任何人。如果一个人会害怕别人，那最可能的原因就是，这个人赋予了对方某种权力。比如说，你做了一些坏事，而对方知道了这件事，那么他就对你产生了权力。你懂了吗？很清晰，不是吗？"

我不知所措地看着他。他的神情一如既往，认真而睿智，带着善意，却一点儿也不温和，而是很严厉，带着某种类似正义的东西。我不明白我是怎么了，他站在我面前，就像一个魔法师。

"你听懂了吗？"他又问了一遍。

我点点头，说不出一句话。

"我告诉过你，这种'读心术'看上去不可思议，其实是非常自然的反应。譬如说，我可以相当准确地告诉你，当我在跟你讲该隐和亚伯的故事时，你在想什么，不过那是另一个话题了。我想你大概梦见过我一两次。但先不提这个。你是个聪明的男孩。大多数男孩都很蠢。我喜欢跟自己信任的聪明人时不时地聊聊天。你不介意吧？"

"不介意，但是我不明白……"

"让我们先说回那个有趣的实验。所以，我们发现男孩 S 很容易害怕——他害怕某人——这个人可能知道某个令他不安的秘密。大概是这样吧？"

我如在梦中，被他的声音和影响力支配着。我只能点头。他的声音仿佛是从我的内心深处发出的一样。这个声音难道不是无所不知，比我自己更了解我自己吗？

德米安用力地拍了一下我的肩。

"看样子就是这样。我想也是。现在，只有一个问题，你知道刚刚把你留在广场上的那个男孩的名字吗？"

我浑身一惊，他触碰到我的秘密了。我的心因此痛苦地缩紧，不想让秘密被人知道。

"什么男孩？刚刚除了我没有别人。"

他笑了。

"说吧，"他笑着说，"他叫什么名字？"

我低声道："你指的是弗朗茨·克罗默？"

他满意地点了点头。

"棒极了！你很干脆，我们会成为好朋友的。但是，现在，我得告诉你：这个克罗默，不管他是谁，都不会是个好家伙。从他的脸上我就能看出来他是个恶棍。你觉得呢？"

"是，"我叹了口气，说，"他确实很坏，是个魔鬼！不过他不能知道这些！老天，他绝不能知道！你认识他吗？他认识你吗？"

"放轻松。他走了，而且不认识我，至少现在还不认识。

不过我倒很愿意会一会他。他是念公立学校的吧？"

"是的。"

"几年级？"

"五年级。不过别告诉他任何事！求求你了，什么也别说！"

"别担心，你不会有事的。我想，你应该不愿意跟我多讲讲关于这个克罗默的事吧？"

"我不能，放过我吧！"

他沉默了一会儿。

"可惜，"他说，"我们本可以让实验再进一步的。但是我不想让你难受。不过，你已经意识到了不应该怕他，对吗？这样的恐惧只会摧毁我们，我们必须摆脱它。你如果想成为一个真正的体面人，就必须摆脱它。你明白吗？"

"是，你说得对。但那是不可能的，你不懂……"

"你也看见了，我懂的可能比你能想到的还要多。你欠他钱吗？"

"对，确实有，但那不是关键。我不能说出来，我不能！"

"所以说，如果给你钱，让你还给他，也没用是吗？这对我来说不是什么难事。"

"不，不是那么回事。求求你，不要告诉任何人！一个字也别说！我会倒大霉的！"

"相信我，辛克莱。最后你还是会告诉我你们之间的秘密的。"

"绝不会！"我喊道。

"随你吧。我只是说，也许有一天你会想跟我聊聊。当然，出于自愿。你不会以为我会像克罗默那样吧？"

"不，当然不是，但你对他的所作所为一无所知！"

"那不重要。我只是在思考这件事。我也绝不会做克罗默那样的事，相信我。何况你本来也不欠我任何东西。"

我们沉默了很久，我冷静了下来。不过，德米安的见识在我眼中越发神秘了。

"我要回家了，"他说，顺道裹紧了自己的毛呢大衣挡住风雨，"既然我们已经聊了这么多了，我只想跟你说一件事，你必须要摆脱他！如果别无他法，就杀了他。如果你这样做了，我会敬佩你，并感到由衷的高兴。我甚至会帮你。"

恐惧再度浮上心头，我又想起了该隐的故事。一切对我来说都突然变得太过邪恶，我忍不住啜泣起来。有太多神秘可怕的事情围绕在我的身边。

"好了，"马克斯·德米安笑起来，"回家吧！我们会想出法子来的，不过杀了他最省事。像这样的情况，最简单的办法就是最好的办法。你的朋友克罗默不是什么好伙伴。"

我回到了家，感觉像过去了一年。一切看起来都不同了。有什么东西出现在了我和克罗默之间，类似于未来和希望。我不再孤身一人了！直到那时我才意识到，这么多个星期以来，我独自承受着这些秘密有多煎熬。那一刻，我再度想起那个反复出现的念头：对父母坦白一切会让我轻松一些，却不会真正拯救我。现在，我却几乎对另一个人——一个陌生人——坦白了一切。一种解脱的感觉犹如清风向我拂来。

尽管如此，我仍旧没有克服我的恐惧，我已经做好和我的敌人进行长久战的准备。这也是为什么，当事情发生得平静又悄无声息时，我会感到不可思议。

一天，两天，三天，一周过去了，克罗默的口哨声仍旧没有在我的家门外响起。我根本不敢相信，仍旧在心里等待着，担心他会在某个意想不到的时刻再度出现。但他似乎真的消失了。突如其来的自由让我难以置信，直到有一天，我撞见了弗朗茨·克罗默本人。他正沿着塞勒巷走过来。在看到我时，他竟吓了一跳，在朝我做了一个古怪的鬼脸后，他就立马转身离去，避开了我。

那对我来说真是一个前所未有的时刻！我的敌人在我眼前逃开了，我的魔鬼害怕我！惊讶混杂着喜悦涌上了我的心头。

一天，我再次碰见了德米安。他在学校门口等着我。

“你好。”我说。

“早上好，辛克莱。最近怎么样？克罗默没来烦你了吧？”

“是你干的，你做了什么？我不明白，他完全消失了。”

"那就好。如果他再回来——虽然我觉得他不会了，但他真是个浑蛋——你就让他想一想德米安。"

"但这是怎么做到的呢？你把他揍了一顿吗？"

"不，我不喜欢那么做。我只是跟他聊了聊，就像跟你一样。我能让他意识到，别来打搅你，对他有好处。"

"你没给他钱吧？"

"没有，我的朋友，你不是已经试过了吗？"

不管我怎么打听，他都避开不谈。留我一个人在那儿，心中再度生出一种在他面前曾有过的不安的感觉，那是一种奇怪的感情，混杂着感激、羞愧、敬意和畏惧，既有好感，同时又在内心抗拒。

我决定不久之后再去找他，跟他再聊聊所有这些事，包括该隐的故事。

但这没能如愿。

感恩并不是我信奉的美德，对我来说，要求一个孩子感恩是虚伪的。我对马克斯·德米安毫无感恩之情，这也没让我太过惊讶。如今，我敢肯定，如果他没有将我从克罗默的魔爪下拯救出来，我的整个人生将会就此毁掉。即使在当时，我也意识到了，这次解救是我少年时期发生过的最重要的事，但在施救者展现完他的魔法之后，我立马就将他抛之脑后。

正如我之前所说，不知感恩并不使我感到惊讶。唯一让我奇怪的是，我竟然对此一点儿好奇心也没有。我竟然能如此安稳度日，而没有试图去打探德米安究竟是怎么把我拯救出来的。我怎么会抑制住自己的好奇心，不去更多地了解该隐的故事、克罗默和"读心术"？

这让人难以置信，但事实就是如此。突然之间，我发现自己挣脱了恶魔之网，光明而欢乐的世界重回眼前，我不再担忧、惊惧、心跳如雷。咒语被打破了，我不再承受地狱般的折磨。我又变回了一个单纯的学生，我想要尽可能快速地恢复平和安宁，远离并遗忘我曾遭受过的丑陋和威胁。那个有关愧疚和恐惧的故事迅速地消失在了我的记忆中，没有留下任何痕迹。

如今，我也依然能够理解为什么当时我想要快速地忘记我的救助者。逃出苦难的鸿沟，摆脱了克罗默的奴役之后，我伤痕累累的心灵竭尽所能地想要找回早前的快乐和幸福，回到遗失的乐土，回到父母的光明世界，回到姐妹身边，重新呼吸纯净的气息，感受亚伯的虔诚。

就在我和德米安交谈后的第二天，在我完全相信已经重获自由，不用害怕灾难再度重演之后，我做了一件渴望已久的事：我忏悔了。我去了母亲那儿，给她看了锁已经坏掉的储蓄罐，里面装的是筹码，而非真正的硬币，我告诉她，长期以来，我是如何因为自身的罪过而被一个恶魔控制。她听得一知半解，但她看到了我的储蓄罐，看到了我神情的改变，听见了我不同以往的声音，感受到了我已经痊愈，回到了她的身边。

然后，我这个浪子重新回归家庭的庆祝仪式就开始了。母亲带我去见了父亲，又重新讲了一遍我的故事，他们提了许多问题，发出惊讶的感慨，父亲和母亲抚摸着我的头，如释重负地叹息。一切都很美妙，就像故事中所写的那样，获得了美满团圆的结局。

我激动万分地逃进了这种和谐的氛围之中，再度感受到内心的安宁和父母的信任，这让我快乐不已。我又变回了家里的模范小孩，比以前还爱跟姐妹们一起玩耍，祷告时怀着被救赎者的情感唱起那些我最爱的圣歌。所有这一切都发自内心，毫无虚饰。

但并非所有事情都安然无恙。这也是我为什么会唯独遗忘了德米安。我本该对他忏悔的。这个忏悔可能没那么多修饰和煽情，但对我来说会更有收获。我如今扎根原有的伊甸园，重回家的怀抱，被仁慈地接纳。但是，德米安却并不属于这个世界，也无法融入进去。尽管不同于克罗默，但他也是一个引诱者，也是连接我与另一个邪恶世界的纽带，而我已经不想与之产生任何联系。我不能也不想放弃亚伯而崇拜该隐，我现在只是再度变回了亚伯而已。

这些是表面的原因。然而，我的内心想法却是，我确实从克罗默和恶魔的手中逃脱了出来，依靠的却不是自己的力量。我已经涉足过这个世界的道路，但对我来说却太过艰险。这时，一双友善的手拉起并拯救了我，我便头也不回地飞奔回母亲的怀抱，回到那个虔诚的、能遮风挡雨的安全世界。我装出一副比实际上更幼稚、更软弱、更天真的模样。我必须将对克罗默的依赖转移到另一个人身上，因为我无法独立行走。因此，我盲目地选择依赖父母，依赖那个古老而宝贵的"光明世界"，即使我已经知道那并不是唯一的世界。如果我没有这样选择，我就得转向德米安，对他付出信任。我之所以这样，是因为我对他的古怪想法怀有疑虑，事实上，那完全是出于恐惧。因为德米安会比我的父母要求更多，他会用挑衅、警告、嘲弄和讽刺让我更加独立。现在我总算知道，这个世界上没有什么比让人走上通往自我的道路更可恨的了！

尽管如此，半年多后，我还是没能抵抗住诱惑。一次，和父亲散步时，我问他，怎么看一些人认为该隐要好过亚伯。

他听后很惊讶，向我解释道，这并非什么新说法，在基督教早期就已经产生了，在一些教派中传播起来，其中之一还自称"该隐派"。但是，显然，这种疯狂的教义只是魔鬼企图败坏我们的信仰。因为，如果相信该隐是对的而亚伯是错的，随之而来的就是，上帝是错的，也就是说，《圣经》里的上帝并非唯一的上帝，而是伪神。该隐派和其他相似的教派确实传播过类似的教义，但是这种异端邪说早已销声匿迹。父亲唯一不解的是，像我这样一个学生怎么会听说这件事。他严肃地警告我，别去沾染这样的思想。

第三章　小　偷

如果我想，我可以回忆起很多童年时期美妙、温馨的事：父母带来的安全庇护，童真的爱意，在温柔的光辉世界中的愉悦生活。但是，最让我感兴趣的仍是通往自我路上的脚步。这些曾经的宁静时刻、幸福之岛和天堂之乐，都已飘散至远方，而我也不想再涉足其间。

因此，一旦谈及我的童年时光，我只会讲述那些使我新奇、催我向前、让我挣扎的故事。

这些来自"另一个世界"的刺激不断出现，常常使我感到恐惧、压抑和不安。它们具有颠覆性，威胁着我眷恋的平静生活。

在后来的那些年中，我开始不由自主地意识到，我的内心存在着某种原始的驱动力，在光明世界中，这种力量只能被隐藏起来。和所有人一样，我也经历了缓慢的性觉醒，这让我如临大敌，将其视为禁果、诱惑和罪恶。我的好奇心在找寻的，我的梦境、欲望和恐惧创造出的青春期的秘密，与我安宁平静的童真世界格格不入。就像所有人一样，我过上了一种孩童的双面人生活，虽然我已不再是孩童。我意识中的自我生活在那个熟悉的、被认可的世界中，它否认那个从我的内在萌发出的新世界。与此同时，我也生活在隐秘的梦境、欲望和渴望之中，借由它们，我的意识架起脆弱、恐惧的桥梁，因为我内心的童真世界已然分崩离析。就像大多数家长那样，对于这种青春期难以言说的性萌动，我的父母也无法提供任何帮助。他们只能不厌其烦地帮助我去进行那些无望的尝试，拒绝现实，继续生活在一个越来越虚假的孩童世界之中。我不知道父母在这件事上是否还能做些什么，但我也不怪他们。长大成人、追寻自我本就是我自己的事，但就像大多数受到良好教养的孩子那样，我做得很糟糕。

每个人都会经历这一困难。对普通人来说，这是他的自我需求与外部环境发生最严重冲突的时刻，也是要历经艰辛向前迈进的时刻。很多人在一生中也只体验过一次这样的死亡和新生，这是我们的命运。童年逐渐消逝、瓦解，爱恋的一切都离我们而去，这时，我们会突然感到，环绕四周的只剩下孤独和死寂。许多人会永远地困在此地，一生都在痛苦地沉湎于不可挽回的过去，沉浸在失落乐园的梦中，而这也是最糟糕和最致命的一种幻梦。

让我们回到我的故事中来吧。童年结束时的那些感受和幻梦已不值得提及了。重要的是，"黑暗世界"，那"另一个世界"，又回来了。曾经属于弗朗茨·克罗默的魔障，如今则深植于我的心中。"另一个世界"重新支配了我。

与克罗默的那段故事已经过去好几年了。那段离奇又罪恶的时光早已离我很远了，如同一个短暂的噩梦，已经消失无踪。自从那一次在街头偶遇后，弗朗茨·克罗默就从我的生活里消失了。然而，这个悲剧中的另一个重要人物，马克斯·德米安，却从没有完全离开我的生活。在很长一段时间里，他都处在边缘地带，存在在那儿却对我没有什么影响。直到后来，在他慢慢重新靠近我时，才开始再度散发出他的力量。

我试着回忆起那时候的德米安。可能有一年，或者更久，我都没有跟他说过一句话。我回避着他，他也没有来找我，偶尔几次碰见，他只是冲我点了点头。有时，他的友好似乎掺杂一丝微妙的嘲讽，但也许那只是我的幻觉。我们似乎都忘了我们之间的那段小插曲，以及他对我所产生过的影响。

现在，我还能记起他那时的模样，当我试图去回忆时，才发现，他其实离我并不遥远，我总能注意到他。我能想起他去上学的样子，独自一人，或者与几个高年级同学一起，他走在人群之中，仿佛一颗孤星，孤独而安静，被自己的气息笼罩，按照自己的规则运转着。没有人喜欢他，也没有人同他亲近，除了他的母亲。然而即使在她身边，他也不像个孩子，而像个大人。老师也不怎么同他打交道，他是一个好学生，却不会刻意去讨好任何人，时不时地，我们还会听到一些流言，说他是如何用一些挑衅或者奇怪的言论反驳老师，让他们下不来台。

当我闭上眼睛去回想，他的模样就浮现出来。那是在哪儿？对了，我想起来了，那是在我家前面的小巷里。某一天，我看见他站在那儿，手里拿着一个笔记本，画着什么。他在画我家大门前的那个鸟形徽章。我站在窗边，躲在窗帘后，惊讶地看着他那张面向徽章的专注、冷静而又机敏的脸，那是一张成熟男人的脸，一张学者或者艺术家的脸，若有所思又意志坚定，出奇地聪敏和冷静，一双眼睛仿佛无所不知。

我还能想起另一个场景。那是不久之后，在街上，我们在放学回家的路上围观一匹倒下的马。它躺在一辆农夫的马车前，身体还被套在车辕上，它喘着气，哼叫着，鼻孔大张，某处看不见的伤口还在流着血，慢慢地将周围的白色尘土都浸暗了。我感到一阵恶心，转过头去，便看见了德米安的脸。他没有挤到前面来，而是站在后面，神情一如往常，平静甚至有点优雅。他的眼睛似乎在注视马头，目光又一次透露出那种深沉、静默、近乎狂热却又冷静的专注。我不由自主地凝视了他很久，在那时，我从他身上察觉到某种不同寻常的东西，虽然只是模糊的感觉。看着德米安的脸，我不仅感觉或者说看出那不是一张男孩而是男人的脸，还感觉那不仅是一张男人的脸，还是什么其他东西。那张脸似乎也带着某种女性气质。事实上，有那么一瞬间，那张脸既不属于男人也不属于男孩，既不衰老也不年轻，它跨越千年，永恒常在，携带着完全不同于我们这个时代的印记。动物或许有那样的面容，或者他的面容更像树木、星辰，我不知道，当时我的感受也不如成年后描述得这样准确，但感觉是类似的。或许他样貌俊美，或许我喜欢他，或许我厌恶他，无法确定。我只知道他与我们不同，他像一个动物、一个幽灵，或者一幅画，我不知道他究竟是什么，但他的确是不同的，与我们所有人都截然不同。

我对他的记忆就只留下了这些，或许这个场景在某种程度上也来自之后的印象。

直到几年以后，我才再次和他有了进一步接触。德米安并没有像班里其他同学那样按照习俗接受坚信礼，这也让他很快再度变成流言的主角。学校里，同学们再度讲起他是犹太人或是异教徒的传言，还有一些同学坚称他和他的母亲不属于任何教派，而是某种神秘邪教的信徒。我还听过一种说法，有人怀疑他和他的母亲是情人关系。或许他没有成长在一个有宗教背景的家庭中，但现在，这似乎会对他的未来造成一些负面影响，因此，最后，他的母亲还是决定让他受了坚信礼，只是比同龄人晚了两年。这也是为什么，后来几个月，他会与我在同一个讲授坚信礼的班里。

有一段时间，我一直躲着他。我不想与他有任何接触，他的周围有太多的流言和秘密，不过，最让我困扰的是，克罗默事件以后，我始终有一种亏欠他什么的感觉。况且，那时，我自己的秘密就够多的了。坚信礼的课程恰好与我的性启蒙的关键时期撞到了一起，尽管我已经尽力向着好的方向努力，但这还是大大削弱了我在宗教上面的兴趣。牧师讲授的东西离我很远，处在一个神圣宁静的虚幻世界。尽管它们珍贵又美丽，却不切实际，丝毫不能激起我的兴奋之情，而另外那些事情则恰恰相反。

在这种处境下，坚信礼的课程越让我提不起兴趣，我就越是关注德米安。我们之间似乎存在着某种纽带。我必须得仔细追溯一下这条纽带的源头。就我所能想起的来看，它第一次出现是在某节早课上，教室里的灯还亮着。我们的经文老师，一位牧师，讲到了该隐和亚伯的故事。我没有仔细听，因为太困了。然后，牧师突然提高了嗓门，开始大声讲述该隐的印记。那一刻，我隐隐受到了某种触动或者得到了一种警告，抬起了头，刚好看见坐在前排的德米安正朝我转过脸来，目光明亮，意味深长，既带着嘲讽又十分严肃。他只看了我一下，我立马紧张地开始认真地听牧师在讲什么，我听到他谈论着该隐和他的印记，内心深处涌出一种念头，牧师所讲的或许不是事实，我们可以用不同的眼光来看待这个故事，甚至可以对此进行批评。

从那一刻起，我和德米安之间的连接纽带再一次建立起来了。奇怪的是，这种心灵上的亲密依赖感几乎是一出现，就被奇异地传递到了现实之中。我不知道是他刻意为之还是仅仅出于偶然——那时我坚信是偶然——几天之后，德米安突然换了在宗教课上的座位，正好坐到了我的前面。（我仍旧能清楚地记起，早晨的教室里，人满为患，空气里弥漫着救济院般的可怕气味，从德米安脖子后传来的清新皂香让我感到愉悦。）又过了几天，他再次换了座位，这次是在我旁边，接下来的整个冬天和春天他都坐在那个位置。

早课的时光从此变得不同。它不再使人感到昏昏欲睡、无聊乏味。事实上，我开始期待它的到来。有时，我们都聚精会神地听着牧师的讲述，而只需邻座投来的一瞥，就足以让我注意到某个精彩的故事或是奇怪的说法。他若再投来一种更为特殊的目光，则会立马唤起我的怀疑和批评。

然而，大多数时候，我们是根本不听课的坏学生。在老师和同学面前，德米安总是彬彬有礼，我从没见过他参与学校里的日常打闹，他也从不在课堂上大笑或者大声喧哗，也没有遭到过任何老师的训斥。偶尔，他会低声细语，更多时候，是通过手势和眼神，来让我加入他的活动中。其中一些活动常常相当怪异。

比如说，他会告诉我他觉得哪些同学有意思，会如何研究他们。他对其中一些人相当了解。他会在上课之前跟我说："当我用大拇指给你信号时，某某某会转过来看我们，或者会挠挠他的脖子……"在课上，当我差不多已经忘了这件事时，他会突然转向我，用大拇指做一个显眼的手势，我就会迅速地看向他提到的那些同学，而每一次他们都会像提线木偶一样做出预料中的动作。我央求德米安在牧师身上试试，但他不愿意。然而，有一次，我来到教室，告诉他我没有预习课本，希望牧师不要提问我，他却帮了我。牧师想找个同学来背诵一段教义，他搜寻的目光落在了我愧疚不安的脸上。他慢慢走过来，伸出手指指向我，几乎快喊出我的名字了，然后，突然，他变得心不在焉或者说有些不安，他松了松领结，走向了正直直地看着他的德米安，似乎想问他什么，最终却出乎意料地再一次走开了，咳嗽了一两声，叫了其他人。

这些把戏让我乐不可支，慢慢地，我才意识到，我的朋友常常对我玩同样的把戏。有时，走在上学的路上，我会突然感觉德米安就在我的背后，当我转过头时，他果然在那儿。

"你真的能让别人按照你的想法思考吗？"

他干脆地回答了我，用他惯常的那套成年人的口吻，冷静又客观。

"不能，"他说，"没有人能办到。因为我们没有自由意志，即使神父让我们相信我们有。其他人不能让别人想他想的内容，我也不能使别人按照我的想法去思考。但我们可以仔细观察某个人，有时候可以相当准确地猜出他的想法和感受，然后你就能够预测他接下来的行为了。这很简单，人们只是不知道而已。当然，这需要练习。让我给你举个例子。在蛾类中有一种夜蛾，在它们的族群中，雌性要比雄性稀少得多。它们也像其他动物一样繁殖，雄性使雌性受精，然后产卵。如果你抓住了这样一只雌夜蛾——科学家已经试验了很多次了——大批雄夜蛾就会在夜里飞过来，有时候这需要花上几个小时的路程。几个小时！想一想！相距好几千米，这些雄夜蛾也能感受到这个范围内唯一一只雌夜蛾的存在。人们试着去解释这种现象，但很困难。它们一定有某种特殊的嗅觉或者什么其他类似的东西，就像好猎狗可以搜寻和追踪极其细微的踪迹。你明白吗？自然界充满了这种未解之谜。我的观点是，如果雌夜蛾和雄夜蛾数量相当，那么雄夜蛾就不会拥有这样的嗅觉。它们是通过反复训练而得到这种技能的。如果一个动物，或者一个人，将他的注意力和意志都专注在某件事上，他就会有所成就。事情就是这样。这也回答了你刚刚的问题。如果你足够认真细致地去观察某个人，你就会比他自己更为了解他。"

我几乎要脱口而出"读心术"这个词，使他想起那件过去已久的与克罗默有关的往事。但是，这也是我们关系的奇怪之处，我们之间仿佛有着某种默契，谁都从不提及他对我生活的那次重大干预。就像我们之间什么也没有发生过，或者说，我们彼此都坚信对方已经忘了那件事。甚至有那么一两次，我们一起走在街上时，碰到了克罗默，但也没有交换过任何眼神，或者谈起他一个字。

"你说的自由意志是什么意思？"我问，"一方面，你说我们没有任何自由意志，另一方面，你又说将意志坚定地专注于某事，就能实现目标。这说不通！如果我不是我自己意志的主人，那么我就不能按照自己的意愿来让它瞄准目标。"

他拍了拍我的肩。当我让他感到高兴时，他总会这么做。

"问得好！"他笑着说，"人必须常常提问、时时质疑。这件事很简单。比如说，要是某只雄夜蛾想要将它的意志转向星辰或者其他什么东西上，那就不会成功。只不过，它也根本不会做那种尝试。它只会去搜寻那些对它有价值或者有意义的东西，它们对它的生活是必不可少的。正因如此，它才完成了不可思议的事情，发展出一套其他动物都没有的第六感！当然，相比于动物，我们人类有更广的领域、更多的选择，拥有更多的本领，但我们也局限在一个相对狭窄的圈子里，无法打破。我可以尽情发挥想象力，想象自己一定要去北极，但只有当它完全发自内心，符合我的本性，我才会有足够的意愿去实现它。一旦你遵从内心的命令去进行尝试，一切就会顺理成章，你就能随心所欲地驱使你的意志。比如说，我现在想要让牧师不再戴眼镜，这就办不到。因为这只是在玩游戏。但是，秋天的时候，当我产生了强烈的意愿，想要将座位从前排移到后排，就成功了。那时突然有个病愈返校的同学，在字母表上他的名字排在我前面，因此必须有人为他腾出空间，这事就自然落到了我的头上，因为我的意志已经做好准备，在机会一出现的时候就将它抓住。"

"对，"我说，"我也觉得奇怪呢。从我们互相对对方产生兴趣的那一刻起，你就开始离我越来越近。但这是怎么做到的呢？你并没有一开始就立马坐到我的身边，而是先坐到了我前面几排，不是吗？接下来是怎么回事？"

"事情是这样的：当我最开始想要换座位时，还不清楚自己究竟要去哪儿，我只知道我想坐到后面去。我的意愿是坐到你身边去，但那时我还没有意识到这一点。与此同时，你的意愿也在发挥着力量，帮助了我。直到我坐到了你前面时，我才明白过来，我的愿望只达成了一半，我真正想要的是跟你坐在一起。"

"但那时候并没有新同学来插班啊。"

"对，但当时我只是听从了自己的意愿，坐到了你的旁边。和我换座位的那个男孩很吃惊，但最后还是随了我的心意，搬走了。牧师也注意到我换了座位，事实上，每次他叫我或者看着我时，心里都会有一些困惑，他知道我叫德米安，名字以 D 开头的同学是不应该坐在名字以 S 开头的同学身边的，但这种念头没有进入他的意识之中，因为我的意志阻挠了他这样做。每当他注意到有什么东西不对劲，就会看着我，想要解开疑惑——这个好人。我应对的办法很简单。每次当他的目光投过来，我都会直直地看着他的眼睛。几乎没有人能招架得住这种直视。他们会紧张。如果你想要从某人那里获得什么，你就直视着他的眼睛，如果他没觉得有什么不舒服，那么就放弃吧！你永远也不会得手，永远！但那种情况很少发生。事实上，我只在一个人身上遭遇了滑铁卢。"

"谁？"我立刻问道。

他看着我，眼睛微微眯起，这是他思考时常有的表情。然后，他移开了目光，没有回答我，虽然我燃起了熊熊的好奇心，但也没办法重复一遍刚刚的问题。

我相信他指的是他的母亲。据我所知，他们母子关系很亲近，但他却从未提起过她，也从不邀请我去他家。我甚至不知道他的母亲长什么样。

那时，我也试着效仿德米安，将意志力集中在某件事上，期望实现某个目标。我有急于想要达成的愿望。但什么也没有发生，我没成功。我不敢去找德米安聊这件事。我没办法向他袒露心中的愿望。他也没问过这件事。

与此同时，我的宗教信仰也开始有了一些动摇。尽管如此，在德米安的影响下，我的思考和那些不信教的同学也有相当大的不同。有时，我会听到他们说，信仰上帝是件荒谬又可鄙的事，三位一体以及玛利亚圣灵受孕诞下耶稣的神话实在可笑，今天还有人在兜售这种无稽之谈，简直让人觉得可耻。我不能认同这些说法。即使我也心存怀疑，但童年的整个经历让我真切地体验到了什么是虔诚的生活，我的父母过的就是那样的生活，它既非没有尊严也并不虚伪。相反，我对宗教怀着深深的敬意。只不过，德米安使我开始以更加自由、个人、有趣，也更有想象力的方式去看待和阐释那些故事和教义，至少，我也总是乐意去追随他给出的那些阐释。当然，其中有一些也令我难以接受，比如，该隐的故事。有一次，在坚信礼课上，他提出了一个更加激进的观点，使我大为震惊。老师讲起了各各他的故事。从很早开始，《圣经》中关于救世主受难和死亡的描述就一直让我印象深刻，当我还很小的时候，每逢耶稣受难日，父亲都会给我们诵读这个故事，那时，我总会深深地沉浸在那个悲伤又美丽、神秘又生动的世界中，沉浸在客西马尼园和各各他山中，当我听到巴赫的《马太受难曲》时，那整个神秘世界的黑暗悲壮的光辉就会淹没我，给我带来神秘的战栗感。时至今日，我仍然认为这首曲子和《阿徒斯的悲剧》

是一切诗歌和艺术表达的缩影。

那节课后，德米安若有所思地对我说："辛克莱，这个故事中有些我不喜欢的东西。你重读一遍，仔细品味品味，它有点过于平淡了。比如，关于那两个小偷的部分。当然，那三个在山上并列而立的十字架非常壮观。但是，结果却用这种多愁善感的说教来讲述这两个义贼的故事！首先，他是个罪犯，天知道他干了哪些坏事，结果却无缘无故地开始忏悔，决心要痛改前非！如果你一脚已经踏进了坟墓，忏悔有什么用？你说说。这只不过又是一个教坛神话，甜蜜又虚伪，多愁善感，只为劝人积德行善。如果今天，你遇到了这两个贼，必须要选择其中之一成为朋友，或者去信任他，很显然，你不会选择那个痛哭流涕的皈依者。你会选择另一个，他是有个性的。他对所谓的皈依嗤之以鼻，在他看来，那就是说说漂亮话而已，直到最后，他都坚持了自己的道路，没有临阵退缩，背叛一直以来帮助着他的魔鬼。他很有个性，有个性的人在《圣经》里都没什么好下场。说不定他是该隐的后代，你不觉得吗？"

我震惊极了。在家时，我完全接受了耶稣受难的故事，直到现在，我才意识到，自己对这个故事有多不了解，有多缺乏想象力。不过，德米安的新观点还是太危险、太致命，威胁到了我一直以来坚信的观念。不，人不能对一切都表示质疑，尤其是最神圣的东西！

就像以前一样，在我还没开口说什么之前，他就察觉到了我的抗拒。

"我知道，"他有些丧气地说，"这是个古老的故事，但不要把这些故事太当真！不过，我必须告诉你，这是能最清楚地看见这个宗教有缺陷的地方。无论在《圣经·旧约》还是《圣经·新约》里，那个全知全能的上帝都是个了不起的人物，但那却并不是他想要传达给世人的形象。他是一切良善、高贵、慈爱、崇高、美和情感的化身，确实如此！但是，世界也由其他东西组成。而所有这些其他东西都被归咎于魔鬼，世界的另一半，遭到了压抑和掩盖。一方面，人们将上帝尊崇为万物之父，另一方面，却对生命的起源——性爱——避而不提，将其描述为有罪的、魔鬼的恶行。我并不是要反对崇敬这位耶和华上帝，完全不是。我只是觉得，我们应该尊敬和崇拜一切存在，整个世界，而并非人为划出的那一半。我们不仅要接受教堂的洗礼，也需要崇敬魔鬼。我就是这么想的。或者说，我们需要创造出一个包含魔鬼的上帝，当这个世界的自然之道在他面前发生时，我们不需要闭上眼睛。"

他一反常态，几乎变得激动起来，但很快，又笑了起来，没有进一步探讨下去。

然而，他的这些话触及了贯穿我整个青春期的谜团，它无时无刻不跟随着我，但我却没有对任何人提起过只言片语。德米安那时所说的关于上帝和魔鬼、关于上帝——官方的世界和秘而不宣的魔鬼世界的那些话语，也正是我自己的念头、我自己的奇想、关于两个世界或者两个一半的世界——光明世界和黑暗世界的想法。意识到我的问题也是所有人的问题，是关乎生命和思考的问题，让我像是瞬间笼罩在了一片神圣的阴影之下，我突然意识到，我个人的生活和想法是永恒的伟大观念之河中的一部分，这让我不由得生出恐惧和敬畏之感。尽管意识到这一点给我带来了肯定和宽慰，我却并不因此感到开心。它艰难苦涩，揭示出一种责任，使我意识到自己再也不能当一个孩子，而要开始自立前行。

生平第一次，我揭开了深藏于心的秘密，将我关于"两个世界"的想法告诉了我的朋友。他立刻就明白过来，在内心深处我与他想法一致，认同他的观点。但他不是那种会借机发挥的人。他听着我的话，比以往任何时候都要专注，眼睛则直直地看着我，直到我忍不住避开他的目光。因为我发现，他的目光再一次透露出那种奇怪的、动物般的和难以想象的老成。

"下次，我们再好好聊一聊这个话题，"他温柔地说，"我能感觉到，你想到的比你能表达出来的更深刻。如果是这样的话，就意味着你从没有实践过你的想法，这样不好。只有当一个想法能够被实践于生活中时，它才是有价值的。你也知道，那个'合规的世界'只是世界的一半，你还尝试过去压制另一个世界，就像神父和老师们一样。但这是行不通的。一旦人开始思考了，他就没办法做到了。"

这番话直抵我心。

"但是，这个世界上也确实存在着丑陋不堪的事！"我几乎是吼了出来，"你不能否认这一点！它们是被禁止的，我们也不能做那些事。当然，我知道这个世界上有谋杀和各种各样的恶行，难道这就意味着我应该加入他们，成为罪犯吗？"

"这个问题我们今天没办法讨论明白，"德米安安慰我说，"当然，你不能强奸或者杀害任何人，绝不能！但你目前还没有搞清楚'许可'和'禁忌'的真正含义，你还只是触到了真理的一角。其他的部分你也会慢慢接触到的。举个例子，近一年左右，你产生了某种欲望，它比其他冲动都更为强烈，是'禁忌'的欲望。然而，希腊人和其他一些民族却认为这种欲望属于神性，并用盛大的节日来崇拜它。换一种说法，'禁忌'不是一种永恒真理，它是可变的。如今，某人只要在神父面前宣誓，娶某个女人为妻，就能与她同床共枕，然而，对另一些民族来说，则不是这样。因此，我们每个人都应该找到什么对他来说是'许可'和'禁忌'的——仅仅对他自己而言。不违反任何一条法律却仍旧是个恶棍，这种情况完全有可能。反之亦然。事实上，这只是一个偷懒的问题。要是谁懒得自己思考和判断，他就会去遵从那些教条法规。他活得轻松自在。另外一些人则感知着内心的戒律，正直的公民的日常行为对他们来说可能是禁忌，而人人鄙夷的事他们却觉得合情合理。每个人都必须做自己。"

突然，他打住了话头，似乎有些后悔说了这么多。即使这样，我已然或多或少地理解了他的感受。他或许只是轻松随意地发表了自己的观点，但正如他曾说过的那样，他极其厌恶"只是为了交谈的交谈"。在与我的谈话中，除了那些真正的兴趣，他也在这些机智的交锋中获得了许多乐趣，或者简而言之，不用那么郑重其事。

当我重新读到我写下的最后这个词——"郑重其事"——之后，我的脑中突然浮现出一个场景，那也是我与马克斯·德米安在少年时期印象最深刻的经历。

接受坚信礼的日子即将到来，最后几节宗教课讲的是最后的晚餐。对神父来讲，这几节课程十分重要，他讲得十分卖力，课堂上弥漫着一种庄严的氛围。但是，恰恰是在这几节课上，我的思绪飘到了其他地方，也就是我的朋友身上。坚信礼近在眼前，这场仪式将会庄严地把我们纳入教会，但我的脑子里却忍不住冒出一个念头，那就是，对我来说，这个学期宗教课的价值不在于课上学到的东西，而在于我与德米安的相处以及他给我带来的影响上。现在，我想加入的并不是教会，而是其他什么组织：尊重思想和人性的某个组织，它必定存在于这个世界上的某个地方。我认为我的朋友就是它的代表和大使。

我试图压制这种想法，无论如何，我都要体面庄重地去完成这次坚信礼仪式，但是，我的新观点却似乎让我难以做到这一点。不管我干什么，这些想法都挥之不去，并且，它开始渐渐地在我心里与即将到来的宗教仪式交织起来。我准备以一种不同于其他人的方式来完成它，即将它视作我被某个思想世界接纳的证明，而正是通过德米安，我得以了解到这个世界。

某一天，我与德米安又发生了一次激烈的论辩，刚好在宗教课开始之前。我的朋友一言不发，似乎对我的发言有些不满，而他也确实有些早熟和自以为是。

"我们聊得太多了，"他异常严肃地说，"聪明话没有任何意义，完全没有。它只会让你远离自己，而远离自己是一种罪过。一个人必须像乌龟那样，完全蜷缩在自身之内。"

然后，我们就走进了教室。开始上课后，我试图集中注意力，德米安也没有来干扰我。一会儿后，我突然感觉到德米安的位置那儿有些异样，那里出现了某种寒冷、空寂的感觉，或者什么类似的东西，就像他的座位突然空了一样。随着这种感觉越来越强烈，我忍不住转过头去。

我看见我朋友笔直、端正地坐在那里，就像往常一样。但他看起来却和平时完全不同，有什么东西从他身体里散发了出来，某种我所不知道的东西围绕着他。一开始，我以为他闭着眼，结果却看见他其实是睁着眼的。然而，那双眼睛没有注视任何东西，呆滞着，向内或者向着遥远的地方望去。他坐在那儿，一动不动地，简直像没有了呼吸，他的嘴唇宛如木雕或是石刻。他脸色苍白，毫无血色，就像一块石头，那一头棕色的头发是他全身上下最有生气的东西。他的手放在面前的长椅上，如同石头或者水果等没有生命的物件，苍白、静止，但却并非死气沉沉，而像一层包裹着某种隐秘而强大的生命的坚实外壳。

看到这个场景，我颤抖起来。他死了！我心里冒出这个想法，差点大喊出来。但我知道，他没有死。我出神地盯着那张脸，苍白的、大理石一般的脸，我感到，那就是德米安！平常与我走路、交谈的他只是一半的他，为了适应周遭，让人喜欢，扮演着某个角色。然而，真正的德米安则正是眼前这样：古老，宛如动物、大理石，美丽而冰冷，死去一般，又隐含着了不起的生命力。环绕在他周围的是寂静的空无，是苍穹和宇宙，是死亡的孤独！

现在，他完全进入自身了。感受到这一点后，我忍不住颤抖起来。我从没有感到过像现在这样的孤独。我完全无法融入他，无法触及他，他距离我比世界上最遥远的岛屿还要遥远。

我不敢相信，除了我之外竟没有任何一个人看到了这一幕！每个人都应该将头抬起来，看一看他！但是，没有一个人注意到他。他坐在那儿，如同一座雕塑，在我看来，甚至如一座神像。一只苍蝇落在了他的前额，慢慢地爬过他的鼻子和唇边，他纹丝不动。

他现在在哪儿？他在想什么，又感觉到了什么？他身在天堂还是地狱？

我没办法开口问他。快要下课时，我看见他重新活过来，恢复了呼吸，当他的视线与我的视线相遇时，又变得和以前一样了。他从哪儿回来的？他去了哪儿？他看上去很累。他的脸恢复了血色，手也开始重新活动了，但那一头棕色的头发却变得暗淡，仿佛没有了生机。

接下来的几天里，我开始在卧室里尝试着进行一种新的练习：我端坐在一张椅子上，放空目光，保持完全的静止，等着看我能坚持多久，能感觉到什么。然而，我只感觉到了疲惫，眼皮也痒得厉害。

不久之后，坚信礼的日子到了。对这件事，我已经没什么深刻的印象了。

一切都变了。我的童年彻底崩塌了。父母看我的目光开始浮现一丝尴尬。我的姐妹们开始变得陌生。一种幻灭感让我熟悉的那些感受和欢乐都变得暗淡无趣了，花园不再散发着甜蜜的芳香，树林也失去了吸引力，我周围的世界变成了一个旧货破烂的甩卖现场，乏味无趣。书变成了纸张，音乐则成了噪声。就像秋天枯叶飘落，而树毫无感觉，雨水滴落下来，还有太阳和风霜，生命缓缓地退回到它内部幽微的深处。它没有死去。它在等待。

父母决定在假期后将我送去一所寄宿学校，那也是我第一次远离家庭。那个夏天，母亲有时对我格外温柔，就像是在提前与我道别，希望能唤起我心中的爱和思乡之情，以及那些难忘的回忆。德米安去度假了，我只剩孤身一人。

第四章　贝雅特丽齐

假期结束了，我去了 St，走之前没有再见到我的朋友。我的父母陪同我前去，小心翼翼地将我托付给了一个男生宿舍，舍监是一位中学老师。如果他们知道将我送进的是怎样一个世界的话，准会惊得目瞪口呆。

我依然被这些问题困扰着：我最终究竟是会成为一个好孩子和有用的公民，还是会跟随本性，走上另外一条道路？我最后一次想要在父母的荫庇下快乐生活的尝试维持了很长一段时间，有一阵子它几乎成功了，最终却还是彻底失败了。

坚信礼之后的那个夏天，我第一次感受到一种奇特的空虚和孤独（后来这种感觉变得那么熟悉，这种空虚，这种稀薄的空气！），久久不能消散。离开家的生活出乎意料地容易适应，没有太多思乡之情甚至让我有点羞愧。我的姐妹们莫名其妙地哭泣悲伤，我却一点儿也哭不出来。这让我感到惊讶。一直以来，我都是一个本性善良、情感丰富的小孩。现在，我完全变了。我对外部世界漠不关心，整天都沉浸在自己内心的声音之中，聆听那些内在的暗流，那些藏于表面之下的黑暗风暴的咆哮。在过去的半年里，我的个头猛地蹿高不少，看起来又高又瘦，半只脚已踏入成人的世界了。童真的可爱已经完全离我而去。我清楚没人会爱这样的我，我也不爱自己。我常常十分想念德米安，但偶尔，我也怨恨他，认为是他造成了我如今这种贫瘠的生活，在我眼中，这就像一场丑陋的疾病。

起初，我在宿舍既不招人喜欢也不受人尊敬。一开始，他们取笑捉弄我，渐渐地，就不再理睬我，认为我是一个胆小懦弱、性格古怪的家伙。我欣然接受了这种印象，甚至还故意夸大，越发特立独行，在外界看来，这是一种颇具男子气概的优越感，但私下里我常常感到沮丧和绝望。在学校里，我凭借在家时积累起来的知识就足以应付——他们的课程进度要落后一点——我渐渐习惯于轻视同龄的同学们，认为他们还是孩子。

这样的情况持续了一年。头几次放假回家，一切都跟往常一样，没什么新鲜的，我总是期待着回学校去。

那是十一月初。不管天气如何，我都习惯出去散散步，思考一些事情。散步时，我常会感到一种忧郁、厌世又自我厌恶的快乐。一天晚上，我在雾蒙蒙的潮湿暮色中漫步至城郊。某公园的一条宽阔林荫道幽静荒僻，仿佛在对我发出无声的邀请。路上落叶满地，我怀着一种有些恶意的心思踩踏着那些落叶。它们散发出一种潮湿、苦涩的气味，远处的树木在雾中隐隐约约地显出身影，幽灵一般，高耸而阴森。

在道路的尽头，我踟蹰地停下了脚步，望着脚下黑乎乎的树叶，贪婪地呼吸着弥漫在空气中的死亡和腐败的气味，我内心的某种东西在回应和欢迎着它们。生活的味道却是那么平淡！

这时，一个人从旁边的小径走了过来，大衣在风中摇摆着。我想要继续往前走，那人却叫出了我的名字。

"你好，辛克莱！"

他走到我身边。那是阿尔丰斯·贝克，我们宿舍中最年长的学生。我一直都很喜欢他，除了他对我总像对其他孩子那样，带着一种长辈的口吻，语气嘲讽。他壮得像头熊，据说，连宿舍的管理员老师都听他的支使，他还是高中里许多传言中的英雄。

"你怎么在这儿？"他友好地问道，仍然是那种对着孩子的口吻，"我猜是在写诗？"

"我可没那样的兴趣。"我粗鲁地回答说。

他大笑出来，走到我身边，跟我闲聊起来，我已经很久不习惯这样了。

"不用担心，辛克莱，我理解你。像这样在晚间的雾霭中散步，怀着悲秋的情绪，人就会想写诗，我懂的。描写大自然的凋零，感叹青春的逝去。就像海因里希·海涅那样。"

"我没那么多愁善感。"我反驳说。

"好吧，不谈这个了。在我看来，在这样的天气，人就应该找个安静的地方喝上一两杯。你想跟我一起去吗？我正好也一个人。还是你不想去？亲爱的，如果你想当个乖学生，我可不愿意带坏你。"

很快，我们就坐在了市郊的一个小酒馆里，喝着味道可疑的红酒，举起大酒杯干起杯来。起初，我并不太喜欢那种感觉，但对我来说确实新鲜。很快，没喝惯酒的我开始喋喋不休起来。那感觉就像我身体里的某扇窗户打开了，整个世界都亮起来，我已经多久没有说过心里话了！我开始胡言乱语，甚至大谈起该隐和亚伯的故事。

贝克兴致盎然地听着我的讲述。终于，我有了可以倾诉的人了！他拍了拍我的肩膀，说我是个好汉。长久以来想要畅所欲言的愿望终于得到了满足，得到了认可，还能在年长的人面前卖弄学识，这让我满心欢喜。当他叫我聪明鬼时，我的心里像是被灌进了一杯甜蜜的烈酒。世界焕发出新的光彩，想法如泉水般源源不断地涌来，智慧的火焰在我的心中熊熊燃烧。我们谈论起老师和同学，想法不谋而合。我们聊到了希腊人和异教，贝克不停地想要探听我的情感经历。我说不出来什么。在这上面，我毫无经验，没什么可说的。我内心翻腾的灼痛着我的那些所想所感，借着酒劲也没能将它们抒发出来。贝克比我更了解女孩们，我兴致勃勃地听着他的那些趣事。它们听上去难以置信。那些在我看来是天方夜谭的事对他来讲却稀松平常。阿尔丰斯·贝克不过才十八岁左右，俨然已经是个情场老手了。比如说，他认为，有些人觉得女孩想要的只是被奉承，这话听起来没问题，但却不是实情。事实上，女人比这要厉害得多，也聪明得多。比如说，学校里经营文具店的贾格尔特夫人，人们总是议论她，不过发生在她的柜台后的事情，那是一本书都讲不完的。

我坐在那儿，听得相当入迷，同时也感到目瞪口呆。当然，我并不爱贾格尔特夫人，但这件事还是让我震惊不已。至少，在年纪大一些的男孩那里，有着一些隐秘的乐子消遣，是我做梦都想不到的。这其中也有些不对劲的地方，它们比我想象中的爱情要狭隘、平庸得多——但现实却是如此，是生活和冒险，我身边这个人就有所体验，在他看来这似乎是理所当然的。

到了这个层面，我们的谈话渐渐冷下来，它失去了什么。我不再是那个聪明的小伙子，而变成了一个男孩，聆听着一个男人讲述他的故事。即使是这样，比起几个月以来我的生活，它们还是有趣的，使我宛如置身天堂。除此之外，我渐渐意识到，这一切都是禁忌，无论是坐在酒馆里，还是我们谈话的内容。至少，我从中尝到了反叛的滋味。

那个晚上让我记忆犹新。湿冷的寒夜中，我们沿着昏暗的煤气街灯往回走，生平第一次，我喝醉了。那感觉并不让人愉快，实际上相当痛苦，但是，其中也带着某种刺激，某种反叛的甜蜜，那就是生命和精神。贝克细心照看着我，尽管他也恶狠狠地抱怨我是个没用的菜鸟。他半拖半扶地带我回到了学校，将我从一扇打开的窗户中推进了屋子。

短暂地睡了一会儿后，我头痛欲裂地醒过来，完全清醒后，一阵强烈的痛苦和悲伤向我袭来。我起身坐在床上，仍旧穿着白天穿的衬衫，外套和鞋丢在地上，散发着烟草和呕吐物的气味。在头痛、恶心和强烈的口渴中，一幅许久没有出现的图景在我的心中浮现：我看见了父母的房子、我的家、父亲和母亲、姐妹们，以及那个花园，我看见了我宁静舒适的卧室，学校和集市，看见了德米安和讲授坚信礼的班级——所有的这一切都闪烁着明亮耀眼的光辉，美妙、神圣而纯净，我意识到，这一切，在昨天甚至几个小时之前还属于我、等着我回去的一切，现在，就在这一刻，永远地被摧毁了，消失了，不再属于我。它们摒弃了我，厌恶并且鄙夷我！所有我深爱过的东西，父母在那个遥远的童年花园中给予我的一切——每一个母亲的吻，每一次圣诞节，每一个虔诚明亮的周日早晨，每一朵花园里的花——都已被丢弃，被我践踏、蹂躏了！如果现在有执法者来绑住我的手脚，将我作为社会的渣滓和亵渎神明者送上绞刑架，我也会毫无怨言地束手就擒，只会觉得这是公道正义的。

这就是我内心的真实本色！我放浪形骸、蔑视整个世界！我自以为是，追随着德米安的思想！这就是我的真面目，渣滓、一头猪，醉醺醺、脏兮兮，令人作呕，下流不堪，一头无耻的野兽，受到下流欲望的驱使。这就是我的真面目，我来自纯洁、光明而温柔的花园，曾经热爱着诗歌和巴赫的音乐。我还能听到回响在耳边的大笑，醉汉式的，断断续续、不知节制，愚蠢又可笑。那就是我。

尽管如此，遭受这些折磨对我来说几乎仍算得上是一种快乐。我已经在黑暗和麻木中爬行了太久，心在角落里困窘又悲惨地瑟缩着，所以即便是这种自厌、恐惧，这种可怕的感觉，仍能为心灵所接受。至少我还能感觉到什么！它还是能够激发出某种火焰，让心再次跳动。在这些不幸中，我还能感觉到某种类似自由和希望的感觉。

在外界看来，我在飞快地堕落。有了第一次大醉后，很快便有接下来的无数次。学校里有很多混迹酒肆、胡作非为的同学，我是参与者中最年轻的一个，很快，我就不再只是一个小跟班，而变成了一个领袖，一个明星人物，一个臭名昭著的鲁莽酒鬼。我再一次完全堕入了黑暗世界，跟随了恶魔，在那个世界中，我成了了不起的人物。

与此同时，我很痛苦。我过着一种自毁式的纵欲生活，尽管同学们视我为领袖，觉得我是一个风趣又机灵的家伙，我的内心却胆怯又恐惧。我仍旧能够回想起，某个周日，我从酒吧里走出来，看见几个孩子在街上快乐地嬉戏，他们头发整洁，穿着周日的衣服，那一刻，我竟然哭了出来。每次，当我坐在小酒馆那堆满啤酒瓶的肮脏桌边，肆意谈笑，用可怕的玩世不恭吓唬朋友们时，心底里对自己嘲讽的那些事情其实满怀着敬畏。在内心里，我早已泪流满面地跪倒在我的灵魂、我的父母以及上帝面前。

我从未与我的伙伴们真正交心，与他们在一起时，我仍然觉得孤独，备受折磨，这是有原因的。在酒吧里，我逞着英雄威风，哗众取宠，大胆谈论老师、学校、父母和教堂，我能听最下流的笑话，甚至自己也能讲上一段，但当我的伙伴们去找女孩时，我却从不参与。我很孤独，极度渴望爱，即便嘴上将自己塑造成一个情场浪子的形象，其实仍是孤身一人，内心依然无望地渴望着。没有人比我更脆弱，更害羞。每次，当我看见出身良好的年轻女孩走在街上，整洁又美丽，阳光又优雅，就像美好而纯洁的梦，比我好上千倍万倍。有一段时间，我甚至不能踏进贾格尔特夫人的文具店一步，因为我一看到她就会脸红，想起阿尔丰斯·贝克对我说过的那些事。

在这个新圈子里，我越是意识到自己有多孤独和不合群，就越是离不开它。我不记得，狂饮和吹嘘究竟是否给我带来过任何快乐，我也从来没有习惯喝酒，醉酒后则总是狼狈不堪、备受折磨。就像被迫如此一样。我做了必须要做的，因为我不知道还能做什么。我害怕长时间独处，害怕那些时常浮现的细微、害羞的情绪，害怕心中荡起的爱的遐思。

我最缺少的是一个朋友。有两三个朋友我很喜欢，但他们都是行为端正的好学生，而我，恶名在外。他们总是躲着我。所有人都将我视为无可救药的堕落者，过着一种岌岌可危的生活。我的恶习对老师来说也不是秘密，因此，我经常受到严惩，他们都期待着我能被踢出学校。我自己也心知肚明，我早就不是什么好学生了，但我还是勉强支撑，一路蒙混过关，虽然心里觉得不能再继续这样下去了。

上帝有无数种使人陷入孤独然后找到自我的方式。这就是他在那时给予我的方式。就像一个噩梦。我看到了自己，一个陷入魔障的梦游者，备受折磨、焦躁不安地爬行在一条丑陋肮脏的道路上，穿越那些污秽的呕吐物，穿越破碎的酒瓶，穿越夸夸其谈的夜晚。在一些梦中，骑士在前去寻找公主的路上，会陷进臭气熏天的秽物池，或者堵在满是污秽的脏街上。我当时就是那样。在这种不体面的方式中，使自己沉浸在孤独之中，在童年的伊甸园和自己之间竖起一道紧闭的大门，门口由冷漠无情、金光闪闪的守卫看管着。这是一个新的开始，一种对从前自我的渴望的觉醒。

尽管如此，当我父亲收到了来自宿舍管理者的警告信，第一次突然出现在 St 时，我还是吓了一跳。冬天快结束时，他又来了一次，那时我已经态度强硬、无动于衷了，任他责备和哀求，努力地想要唤起我对母亲的回忆。最后，他终于被我激怒，扬言如果我毫无改变，他就会任凭学校羞辱我、将我扫地出门，然后送我去改造班。随他吧！当他离开时，我为他感到难过，他却对我束手无策，再也找不到和我沟通的办法了，有些时候，我觉得他是活该。

至于我的下场会怎么样，我毫不在乎。我用我古怪而讨人厌的方式——泡在酒吧，装腔作势——来与世界对抗，这是我的斗争方式。过程中，我自暴自弃，但有时，我觉得，如果世界无法让我这样的人发挥作用，无法给我们提供更好的位置和更大的任务，那么像我这样的人只好破罐子破摔，遭受损失的也是世界自己。

那一年的圣诞假毫无欢乐可言。再次见到我时，母亲吓坏了，我又长高了，瘦巴巴的脸看起来暗淡苍白，神色憔悴，眼眶浮肿。新长出来的胡楂儿和刚戴上不久的眼镜让我显得有些陌生。我的姐妹们远远地站着，咯咯发笑。这让人不舒服。和父亲在他书房里的谈话让人难受，和亲戚们的见面也让人难受，圣诞夜尤其让人难受。自我记事起，圣诞夜就是我们家一年中最隆重的日子，那是充满了欢乐、爱意和感恩之情的夜晚，也是重建我和父母之间情感纽带的日子。这一次，它却沉重压抑、令人尴尬。像以往一样，父亲朗读了《福音书》中关于牧羊人的一篇，"他们必在那里看守羊群"，而姐妹们高兴地站在放着礼物的桌边，但父亲的声音听起来闷闷不乐，他的脸看起来苍老而瘦削，母亲很悲伤。对我而言，礼物、圣诞愿望、《福音书》和圣诞树都尴尬而多余。姜饼闻起来很美味，唤醒了无数美妙的回忆。圣诞树也香气四溢，讲述着那些不再存在的事情。我迫切地希望这个夜晚和整个假期赶紧结束。

整个冬天都是如此。不久前，我收到了教师委员会的严厉警告，他们威胁我说要将我开除。看样子快到头了。好吧，我也无所谓。

我尤其怨恨马克斯·德米安。我一直没有再见过他，刚到St时，我给他写过两次信，但没有收到任何回信。那也是为什么假期里我没有去找他的原因。

第二年初春，树木渐绿，在前一年秋天遇到阿尔丰斯·贝克的那个公园里，我偶遇了一个女孩。那天，我独自散着步，思绪烦乱，忧虑重重，我的身体每况愈下，还总是缺钱，欠了同学的债，不得不编造理由来让父母从家里多给我寄点钱。在好几家店铺，我还赊账买了烟酒。不过，这些忧虑也没有很深，如果我被学校驱逐，然后投水自尽，或者被送去改造学校，这些小事也就无关紧要了。尽管如此，这些烦心事眼下还是无法避开，折磨着我。

这位年轻的女孩令我心动。她瘦削高挑，衣着优雅，有着一张男孩子气的脸蛋。我立马就喜欢上她了，她是我中意的类型，很快，我就开始幻想与她有关的事。她应该不比我大多少，看起来却比我成熟得多，优雅得体，几乎已经是一位成年女性了，但脸上还带着一丝傲慢和孩子气，我尤其喜欢这一点。

我从来没和自己喜欢的女孩接触过，这一次也没有。但她带给我的印象比此前的任何一个女孩都要更强烈，这种迷恋对我的生活造成了巨大影响。

突然，我的眼前又出现了一个形象，一个让我尊敬的高贵形象，我从没有如此深切和强烈地渴望去崇拜、去爱慕。我称她为贝雅特丽齐，虽然我还没有读过但丁的作品，但我从一幅英国油画上知道了贝雅特丽齐，我还有一幅复制品。那幅画上是一个英国拉斐尔前派风格的女性形象，身材纤瘦，脸型细长，有着充满灵气的双手和容貌。我在公园里遇到的那位女孩并不十分像她，但她也有着我喜欢的那种瘦削的男孩子气的身材，以及充满生机和灵气的面孔。

我从未跟贝雅特丽齐说过一句话。但在那段时间，她对我产生了无比重大的影响。她在我眼前树立起一个神圣的形象，为我打开通往神殿的通道，并使我变成了这座神殿里的崇拜者。一夜之间，我便结束了饮酒和晚归的生活，我又能独处，享受阅读和散步了。

突然的转变使我遭受了很多嘲讽。但我不在乎，我有了爱慕和崇敬的对象，有了理想，生活重新开始充满希望和神秘朦胧的色彩。我又回到了自身之中，尽管我只是一个受制于自己所爱慕的光辉形象的奴隶。

回想起那段时光，我总不免心怀感动。我又重新试图用最真挚的努力，从崩溃了的人生时期的废墟里建设一个"光明世界"，又一次，我全身心都投入一个愿望之中，那就是清除内心的黑暗和邪恶，完全沉浸在光明之中，跪倒在上帝面前。并且，这个"光明世界"在某种程度上是我自己的创造。它不再是一次逃避，逃进母亲的怀抱，回到不负责任的安全感中，它是一种新的职责，是我自己创造和追求的，带有责任感和自我约束力。长久以来，使我饱受折磨的性欲，在这种神圣的火焰中得以被转化为精神和虔诚。从此，我摆脱了所有的阴暗和丑陋，我不再在夜晚哀叹，不再对着淫秽图画脸红心跳，也不再躲在禁闭之门后偷听，不再沉迷于淫秽的想法。取而代之的是我用贝雅特丽齐的形象搭建起的一座圣坛，通过将自己献身于她，我也献身于精神和神。我将从黑暗力量那儿夺回的生命，献给光明的力量。我的目标不是情欲，而是纯洁，不是幸福，而是美和精神。

对贝雅特丽齐的崇拜，彻底改变了我的生活。昨日的我还是早熟的愤世嫉俗者，今天的我已变成了神殿的奴仆，一心想要成为圣徒。我不仅摒弃了放荡的恶习，还盼望改变一切，将纯洁、神圣和尊严带进我生活的每个方面，衣食住行、言谈举止。我开始每天早起进行冷水浴，起初，这很难办到。我变得言行端正，就连走路也缓慢庄重起来。在别人看来，这或许做作可笑，但对我来说，这是神圣的崇拜仪式。

在我所有为了表达新观念的实践中，有一个对我来说尤其重要。我开始画画了。起初是因为，那幅贝雅特丽齐的英国画和我的贝雅特丽齐还不够相似。我想要为自己画一幅她的画。怀着全新的快乐和希望，我将漂亮的纸、颜料和刷子带回房间（不久前我有了自己的房间），我准备好画板、玻璃杯、瓷碗和画笔。我还买了很不错的小管装蛋彩颜料，这让我很高兴。它们中有一种非常浓烈的铬绿色，我至今仍然记得它第一次在我的小白碗中熠熠生辉的样子。

一开始我很谨慎。面部很难画，我就试着先从其他地方开始。我画了装饰品、花朵和想象中的小风景——教堂旁的一棵树，一条长着柏树的罗马桥。有时，我完全沉浸在这项愉悦的活动之中，快乐得像一个玩着颜料盒的孩子。最后，我终于开始画贝雅特丽齐。

其中一些作品彻头彻尾地失败，被我扔掉了。我越是想要抓住这个我在公园里遇见的女孩的脸，结果就越不成功。最后，我放弃了，转而画起一张陌生的脸，跟随着想象和直觉落笔，它们从颜料和画笔下自然流出。画出来的是一张梦幻中的脸，我还算满意。很快，我又接着尝试，每一张新的画都变得更加清晰，也更加接近理想中的形象，尽管与现实还有距离。

我越来越习惯于用一种梦幻的笔触去勾勒线条、填充色块，这些画没有追随任何原型，来自潜意识游戏般的探索。直到有一天，几乎是无意识的，我画出了一张比此前任何一张都更强烈地回应着我的画作。那不是公园里那个女孩的脸，就我目前的水平来说，要画出她还为时尚早。它是其他什么东西，不真实却有其意义。那更像一张男孩而不是女孩的脸，头发不像我喜欢的女孩的那样是金色的，而是红棕色，下巴坚毅挺拔，嘴唇闪烁着红润的光泽，整张脸有些僵硬，像是面具，但让人印象深刻，充满神秘的活力。

坐在这幅已经完成的画前时，我产生了一种奇怪的感觉。它像一幅神像画，或者一张神圣的面具——雌雄同体，看不出年纪，意志强大又如梦似幻，僵硬而又富有神秘的生机。这张脸似乎想要向我诉说什么，它属于我，对我呼唤着。它似乎和某个人有相似之处，但我却不知道是谁。

有一段时间，我的思绪完全被这幅画占据了，它分享着我的生活。我将它藏在一个柜子后面，以免被人发现加以嘲笑。一旦我独自在房间里，我就会将它拿出来，与它交流。到了晚上，我会将它用别针别到床上方的壁纸上，看着它，直到入睡，第二天醒来，我也能第一眼看见它。

那段时间，我又开始重新做各种各样的梦，就像童年时那样。我感觉，我已经好几年没有做过梦了。现在，它们又带着全新的景象回来了。梦中，我画的这幅肖像常常出现，它有了生命，还会同我讲话，有时友好，有时充满敌意，有时表情怪异，有时则无比高贵、和谐和美丽。

有一天早上，当我又从这样的梦中醒来时，突然就认出了画中人。它看着我，好像和我相识已久，似乎在呼唤着我的名字。它好像知道我是谁，如同一位母亲，始终将目光紧锁在我的身上。怀着一颗颤抖的心，我凝视着那幅画，看着那浓密的棕色头发，有点女性化的嘴巴，以及那闪烁着奇特光亮（画干了以后就自动出现了）的坚毅额头，我慢慢地开始认出、找回、领会到那张脸了。

我跳下床，走到画前，在几英寸① 远的地方，端详着那双

---

① 1 英寸约为 0.25 米。

一动不动睁着的绿色眼睛，右眼要微微高于左眼。突然，右眼抽动了一下，虽然十分微弱，但不会错的。在这个瞬间，我认出画里的人了……

我为什么会花了这么长的时间才认出来它？那是德米安的脸。

后来，我常常将这幅画与现实中的德米安的脸进行对比。他们并不一样，尽管有相似之处。但无论如何，那就是德米安。

某个初夏的黄昏，橘红色的夕阳斜斜地照进一扇西向的窗户。房间渐渐暗下去。我突发奇想，将贝雅特丽齐或者说德米安的肖像挂到了窗棂上，观察夕阳穿过它的景象。那张脸的轮廓开始变得模糊，但那双眼眶红红的眼睛、额头前的亮光以及鲜艳的嘴唇却仿佛快要燃烧起来。我面对着它坐了很久，光芒消失后，也没有离开。渐渐地，我意识到这既不是贝雅特丽齐也不是德米安，而是我自己。不是说画中人长得像我，它也不必像我，但它正是我的生活，是我的内心，我的命运，我的魔障。如果我要找一个朋友或者一个爱人，那就是他们的样子。那也是我的生活以及死亡的样子，是我命运的声调和旋律。

那几周里，我正在读一本书，它给我带来了前所未有的深刻印象。甚至于，在之后的人生中，我也很少遇到一本能激起如此强烈的感受的书——除了尼采。那是一本诺瓦利斯的作品集，收录了一些书信和格言，我读不太懂，但这并不影响它给我带来的难以言明的吸引力。那天，我突然想起了其中一条格言，并将它摘抄在了那幅画下方："命运和性情是同一概念的两个词。"直到那一刻，我才懂了这句话的意思。

我经常遇见那位被我称作贝雅特丽齐的女孩，但这些偶遇并没有激起我什么激动的情绪，只有一种温柔的和谐、一种预感：我们是相互连接的，但并非你，而是你的意象，你是我命运的一部分。

对马克斯·德米安的渴望再度强烈起来。几年来，我都没有听到任何有关他的消息。

我只在假期里遇见过他一次。现在，我意识到，我刻意回避了那次简短的相遇，出于我的虚荣和羞耻心。现在，我必须将它找回来。

那是假期中的某一天，我在家乡的街上闲逛，脸上带着一种混迹酒吧时常有的表情，散漫不羁又透露着疲惫。我正打量着那些苍老、呆滞又卑贱的小市民面孔，这时，我的老朋友迎面向我走来。一看见他，我竟瑟缩起来。在这一瞬间，我情不自禁地想起了弗朗茨·克罗默。要是德米安真的忘了那个插曲就好了！欠着他什么实在是让人不舒服。虽然，事实上，那只是一个傻乎乎的孩子的故事，但总归还是让我觉得有所亏欠。

他似乎在等着我跟他打招呼。我尽量装出一副自然而然的样子，这样做后，他伸出了手。对，就是这双手。厚实、温暖、冷静又坚毅，一如从前！

他认真地凝视着我的脸，说："辛克莱，你长大了。"他却似乎和以往一样，既成熟又年轻。

我们一起散起步来，但只说了些无关紧要的话，只字不提从前。我突然想起来，我给他写过几封信，却没有收到任何回音。我多么希望他已经忘了那些愚蠢的信！他也没有提起这件事。

那时，我的生活中还没有贝雅特丽齐，也没有那幅画像，依旧困在饮酒度日的生活里。走到城郊，我邀请他和我一起喝杯酒，他答应了。我炫耀式地点了一整瓶，给他满上，与他碰杯，然后一饮而尽，拿出那副我在学校里与人痛饮的老手样。

"你经常待在酒馆？"他问。

"对，是的，"我回答道，"还有什么可做？至少这比其他事都有意思。"

"你这么想？或许是吧。这里面也不乏美妙之处——陶醉，酒神的元素。但我想，大多数混迹酒吧的人早就彻底失去了这些有趣的东西。在我看来，泡酒吧是件庸俗粗鄙的事。是的，偶尔一个晚上，在熊熊燃烧的火把旁，来一场真正的大醉，的确不错！但一次又一次，一杯接一杯，这就是真实吗？你能想象一个夜夜流连酒吧的浮士德吗？"

我喝了一口酒，带着敌意看着他。"不是每个人都是浮士德。"我冷冷开口。

他有些吃惊地看着我。

然后，他笑起来，还是那副鲜活又有点优越的模样。

"好吧，不争这个了。不管怎么样，醉鬼的生活总归是要比那些循规蹈矩的好好公民的生活要有意思。我曾经在某本书中读到，享乐主义的生活是成为一个神秘主义者的最佳预备。比如说，圣奥古斯丁，在成为先知前，他也是一个浪子和感官主义者。"

我很怀疑他，也不想他继续占据上风。因此，我傲慢地说："是，人各有所好。对我来说，我可没考虑过成为什么先知。"

德米安微眯着眼睛，洞穿似的看了我一眼。

"我亲爱的辛克莱，"他缓缓开口，"我并不是要说一些让你反感的话。另外，我们都不知道，为什么现在你会这样酗酒。答案在你的心里，它已经支配着你的生活了。知道这一点就好：我们的心中有一个人，他无所不知、无所不愿，能将一切做得更好。不过，原谅我，我得回家了。"

我们简短地道了别。我闷闷不乐地坐在那儿，喝光了瓶子里的酒。准备离开时，我发现德米安已经结账了，这让我心情更加糟糕。

我的思绪再度回到这件偶遇的小事上。我忘不了他。他在城郊酒吧里对我说的那些话总是会不断浮现出来，清晰可闻："知道这一点就好：我们的心中有一个人，他无所不知……"

我多么想念德米安！我不知道他现在在哪儿，也不知道怎么能跟他联系上。我只知道，他应该去了某所大学，他的母亲在他中学毕业后就离开了我们的城市。

我想记起所有关于马克斯·德米安的事情，甚至追溯到了和克罗默的那件往事。那时他对我说过的话重新在耳边响起，它们对我至今仍旧有意义，依旧对当下的我有所触动！在我们最后那次不太愉快的谈话中，他所提到的关于浪子成为圣人的话，也突然点亮了我的心。那不就是发生在我身上的事吗？我不恰恰是陷入过酗酒、脏污、茫然和迷失之中，直到一种新的生命力唤醒了我心中相反的那一面，唤醒了我对纯洁的渴望、对神圣的向往吗？

我继续追寻着这些记忆。夜幕早已降临，外面开始下雨了。我的记忆也响起了雨声：在当年那棵橡树下，他向我打听弗朗茨·克罗默的事，猜出了我最初的秘密。往事一件接一件地回来了，上学路上的谈话，坚信礼课程，到最后，我想起了和他的第一次见面。我们谈了些什么？我一时竟想不起来了，我没有着急，而是集中注意力，慢慢地回想着。最终，我还是想了起来。他跟我讲述了该隐的故事之后，我们站在我家门前。他提到了我家入口上方拱石上那斑驳的旧徽章。他说，他对这样的东西感兴趣，人们应该注意到它们。

那天晚上，我梦见了德米安和那枚盾形徽章。德米安将徽章握在手中，它不停地变化，一会儿微小又暗淡，一会儿又庞大而斑斓，但他告诉我，它们始终是同一个东西。最后，他命令我吞掉这枚徽章！当我咽下它后，令我恐惧不已的是，徽章上的那只鸟竟在我身体里活了过来，它膨胀起来，开始从内部撕扯我。我吓得从梦中惊醒过来。

我完全清醒了，那是半夜，我听见雨水刮进屋子的声音。我起身关窗户，踩到了地板上某个闪闪发亮的东西。到了早上，我发现，那是我的画。它泡在地板上的积水里，纸张已经有些变形了。我将它放在两张吸墨纸之间，压在一本厚书里。第二天，我再去看时，它已经干了，但还是跟以前不一样了。画面上鲜红的嘴唇褪了色，有一点收缩了。现在，它看上去完全像是德米安的嘴了。

我开始画一幅关于那枚徽章上的鸟的画。它原本的模样我记不清了，何况，有些细节就算从近处其实也看不清，那个东西太古老了，又被粉刷过多次。那只鸟站在或者坐在什么东西上，或许是花、篮子、鸟巢或者树梢上。我决定不执着于这些细节，从我能够记得起的部分开始着手。出于一种模糊的意愿，我提笔时就选择了很鲜亮的颜色，用金黄画了鸟的头部。我一有兴致就扑在这幅画上，只花了几天就完成了它。

画上的鸟是一只猛禽，长着尖锐的鹞鹰的脑袋，半个身子陷在一个黑球里，就像正在从一枚巨大的蛋中挣脱出来，画的背景是一片蓝天。我继续仔细端详这幅画，越看就越觉得它像我梦中曾经出现的那枚彩色的徽章。

即便知道德米安的地址，我也不会再给他写信了。然而，就像在那些如梦似幻的预感中我做了一切事那样，我决定将那幅鹞鹰图送给他，即使他永远也收不到。我没有留下任何信息，甚至是我的名字，我小心地修剪了边缘，写上了我朋友的旧地址，将它寄了出去。

我即将迎来一场考试，需要比平时更加用功。因为我突然改掉了之前恶劣的生活习性，老师们重新恢复了对我的好感。这并不意味着我成了一名好学生，只是没有人会像半年前那样，笃定地认为我会在学期中被开除。

我父亲的来信又有了昔日的口气，不再带着责备或威胁。尽管如此，我也不觉得应该对他或者任何人解释我内心的这些转变。它只是正好符合了我父母和老师们的心愿。它并没有让我融入其他团体，也没有让我跟任何人更亲近，事实上，它甚至让我更加孤独了。我的转变似乎指向德米安的方向，指向一段遥远的命运旅途。我浑然不觉，因为已深陷其中。这一切源于贝雅特丽齐，然而，那段时间，我太过沉浸在绘画的虚幻世界以及对德米安的思绪中，几乎完全忘了她。我无法对任何人倾诉我的梦幻和期望以及内心的转变，就算我想说，也没法开口。不过我怎么会想说呢？

第五章　鸟挣脱出壳

我画中的梦之鸟已经启程，飞去找寻我的朋友。后来，我以一种奇特的方式收到了回信。

某次课间休息时，我在自己的课桌上发现了一张夹在书中的纸条。它被叠了起来，样子像是同学们在课上互传的纸条。我很惊讶，自己竟然会收到这样一张纸条，因为我和班上的任何同学都没有这样的交情。我想，这也许只是个恶作剧，不必理会。我将纸条放回书中，没有打开。直到上课时，我又不小心摸到了它。

我摆弄着它，漫不经心地打开它，看见上面写着几个字。仅仅瞥了一眼，上面的某个词就让我僵住了，我慌慌张张地读下去，心像被命运攥住，一片冰冷："鸟要挣脱出壳。蛋就是世界。谁要诞生，须先毁掉一个世界。鸟飞向了神，神的名字是阿布拉克萨斯。"

读了好几遍后，我陷入了深深的遐想。毫无疑问，这是德米安的回信。除了他之外，没人知道我的画。他抓住了它的含义，并帮我进行了阐述。但这一切是如何办到的？而且，最让我不解的是，什么是阿布拉克萨斯？我从未听说过这个词。"神的名字是阿布拉克萨斯。"

接下来那节课，我一句话都没听进去。上午的最后一节课开始了，讲课的是一位年轻助教，佛伦斯博士，他刚从大学毕业。他在学生中很受欢迎，因为他还年轻，不爱在我们面前装模作样。

佛伦斯博士带我们阅读希罗多德，这也是少数我感兴趣的课程之一。但今天，希罗多德也不能吸引我的注意。我机械地翻开书，没有跟上译文，沉浸在自己的思绪之中。另外，经过多次验证，德米安在坚信礼课程上所言非虚，只要意愿足够强烈，人就能够实现目标。在课上，如果我不小心沉浸于自己的世界中，不必担心老师会叫我。如果我走神了，或者昏昏欲睡，他就会突然出现在我身边。这样的事已经发生过了。但是，如果我聚精会神，完全投入自己的思考之中，我就会受到保护。我也试过目光坚定地紧盯着某人，也奏效了。只是和德米安在一起时，我没有成功过。现在，我时常感到锐利的目光和思想是能有所成就的。

此刻，我已神思远游，距希罗多德和学校千里之外了。突然，老师的声音闪电一般击中我的思绪，我慌张地回过神来。我听见他在说话，就站在我身边。我以为他叫了我的名字。但他没有看我。我松了口气。

然后，我又听见了他的声音。他大声念出了一个词："阿布拉克萨斯。"

佛伦斯博士接着我错过的部分继续解释："我们不能把这些古老教派和神秘社团的观点看作是幼稚的，尽管，从理性主义的角度来看它们似乎是这样。古人并不了解我们如今所说的科学，但他们对哲学和神秘学真理的研究相当精深。在某种程度上，其中有的催生了一些巫术、魔法，常常被用来行骗、犯罪，但即便是巫术和魔法，也有着高贵的起源，包含深刻的思想。比如说，我刚刚提到的阿布拉克萨斯的教义。这个名字据称取自希腊的咒语，人们认为它是某个神魔的名字，如今仍旧受到一些野蛮部落的信奉。但阿布拉克萨斯的含义远不止如此。我们可以将它看作一个象征性的神灵，融合了神性和魔性。"

这位博学的小个子男人继续着他精彩的演讲。不过，没有人在认真听，当他不再提起那个名字后，我便又将注意力转回到自身。"融合了神性和魔性"，这句话在我脑中回响。它让我有所启发。因为和德米安的谈话，我对这个观点颇为熟悉。在我和德米安来往的最后那个阶段，他曾说过，我们有一个崇拜的上帝，他只代表了被割裂出来的半个世界（神圣的、正派的"光明世界"），但我们需要崇拜整个世界，这就意味着，我们要么崇拜一个同时是魔鬼的神，要么就必须在敬神之外，也敬拜魔鬼。而阿布拉克萨斯就是这样一个神魔一体的存在。

那段时间，我迫不及待地渴望搞清楚这件事情，却一筹莫展。我跑遍了整个图书馆，想要找到一些关于阿布拉克萨斯的资料，结果什么都没有找到。我生性就不是那种会去执着追寻什么的人，何况，那些寻求到的真理往往只会给我带来重负。

我深深迷恋过的那个形象，贝雅特丽齐，已渐渐消退，或者说，慢慢远离了我，逐渐消失在地平线，变得模糊、苍白和遥远。她不再能满足我灵魂的渴求了。

在一种奇特的自我孤立中，我宛如一个梦游者，新的成长由此生发出来。对生命的渴望，或者更确切地说，对爱的渴望，在我心中勃发。在对贝雅特丽齐的崇拜中，我的爱欲和性欲曾一度被驱散，现在，它们渴望着新的景象和目标。我又一次感到了无法满足，甚至比以往更无法否认这些渴望的存在，我也无法期待同学们追求的那些女孩能够填补这些渴望。我又开始频繁做梦，白天的梦甚至超过了夜晚。各种各样的图景、意象和愿望在我心中升起，将我拉离外部世界，我与这些梦境和阴影的交流是如此真实而生动，甚至超过了身边的现实世界。

某个反复出现的梦境或者幻象，对我意义非凡。那是我一生中最重要、最难忘的一个梦境，它是这样的：我回到了父亲的家中——拱门上的鸟形徽章在蓝色的底座上闪着金光——母亲在屋中迎接我，然而，当我走过去，想要拥抱她时，却发现那并不是她，而是我没有见过的某个人，又高又壮，既像马克斯·德米安或我的画中人，又与他们不完全相同，并且，尽管外表强壮，但她无疑是位女性。这个人将我拉向她，给了我一个深情的令人发颤的拥抱。幸福与恐惧交织在一起，这个拥抱既神圣又罪恶。这个将我搂在怀里的形象唤起了我对母亲以及我的朋友德米安的回忆。这个拥抱亵渎了一切神圣，却又使我感到快乐至极。时常，我怀着一种巨大的幸福感，从这个梦中醒来，同时又感到深深的恐惧，备受良心的折磨，就像我犯下了什么可怕的罪行。

不知不觉中，通过我寻找的那个神，这个完全出自内心的形象开始与外界对我的暗示联系起来。这个连接变得越来越深、越来越紧密，我开始感觉，正是在这种梦的预兆中，我呼唤着阿布拉克萨斯。幸福和恐惧、男人和女人混合相容，最神圣的与最邪恶的交织相缠，深重的罪恶闪现在最温柔的纯真之中——这就是我的爱之梦所展示的，这便是阿布拉克萨斯。爱不再是我最初理解的那种黑暗兽性的欲望，也不再是我对贝雅特丽齐的那种虔诚的、精神上的崇拜。它两者皆是，甚至是更多：爱是天使和撒旦，是男女一体，是人类和野兽，是最圣洁的神，也是最邪恶的魔鬼。我的命运是注定去体验和品尝这样的爱。我渴望它，又恐惧它，但它永远存在，凌驾于我之上。

第二年春天，我即将高中毕业去上大学，然而，我还不知道要去哪儿，也不知道该学什么。我的上唇长出了小胡子，我已然是一个成年男人了，却仍旧没有目标、无所依傍。我唯一确定的是我内心的声音，我梦中的图景。我感到自己必须要盲目地跟随着它的指引。但那并不容易，每一天我都会将它推翻。我时常怀疑，或许我疯了，或许我和其他人不一样？不过，其他人能够做到的那些事，我也能够不太费力地去做：阅读柏拉图，解决三角几何问题，理解化学方程式。只有一件事我做不到：抛弃我深藏于心的目标，规划现实的蓝图，像那些知道自己想要做什么的人一样，成为教师、律师、医生或者艺术家。他们很早就知道该走什么样的路，会得到什么好处。我却做不到这样。或许，有朝一日，我也会变成这些人中的一个，但我当时又怎么能知道？或许我会苦苦追寻，年复一年，最后一无所获，一事无成。也或许我会达到一个目标，但那却是邪恶、危险又可怕的。

我所渴望的，不过是过上一种发自本心的生活，为什么竟会如此困难？

有很多次，我都尝试着画出我的梦中图景，却从未成功。如果真的画出来了，我肯定会将它寄给德米安。他在哪里？我不知道。我只知道他和我连接在一起。什么时候我才能再见到他？

属于贝雅特丽齐的那段快乐而宁静的时光早已过去。那时，我以为我抵达了安全港湾、安宁之岛。然而，事情总是这样，当我一旦适应了某种新的处境，有了带来希望的梦境，它就会迅速地枯萎、暗淡。失去之后再怎么悲叹也无济于事！现在，我再次身处无法满足的渴望和焦灼的期待之中，常常陷入癫狂。我的眼前常常出现梦中情人的模样，栩栩如生，甚至比我的双手还要清晰。我与她交谈，对着她哭诉，诅咒她；我唤她为母亲，含泪跪倒在她跟前；我唤她为爱人，渴望她成熟饱满的吻；我唤她为恶魔和荡妇，吸血鬼和杀人犯。她引诱我堕入最温柔美妙的梦境，也堕入了卑鄙可耻的境地；无论善恶对错、高低贵贱，她都坦然待之。

整个冬天，我都生活在一种无法描述的内心的混乱之中。我早已习惯了孤独，不会感到压抑：我与德米安、那只鹞鹰以及梦中的巨大形象——既是我的命运又是我的爱人——生活在一起。对我来说这已足够，因为一切都指向伟大与辽阔，都指向阿布拉克萨斯。不过，这些梦和想法都不听令于我：我不能随心所欲地驱使它们，也不能赋予它们我想要的色彩。它们来到这里，将我带走，我受制于它们，被它们主宰。

我与外部世界关系稳定。我不害怕任何人，同学们也知道这一点。私下里，他们对我怀有敬意，这常常使我发笑。只要我想，我能看透他们中的大多数人，有时，会让他们吓一大跳。但我很少这么做。我只专注于自己。我所渴望的是，真正地活一次，将自己的某些东西投入这个世界，与之对抗，与之相连。有时，我会在深夜的街上奔跑，思绪繁杂，直到凌晨也不想回家。偶尔，我会想，就是现在，我将会见到我的爱人，她就在下一个路口，在窗口呼唤我。有时，这一切会让我备受折磨，感到无法忍受，我甚至觉得，我已准备好结束自己的生命。

那时，我找到了一个奇特的庇护所——就像人们常说的那样，"纯属偶然"。但是，我相信，这个世上并无偶然。当某人一定要得到某件东西，最终也成功得到了，这就绝非偶然，是他自己、他长久以来的渴望和呼唤将他引领至此。

有两三次，当我在城里散步时，听见过城郊的一个小教堂里传出管风琴声。起初，我没有停下来，再次路过时，我又听见了它，辨别出里面正在演奏巴赫的音乐。我走到教堂门口，发现门上了锁，路上几乎没有人，我坐到了教堂边的一块石头上，竖起大衣的领子，坐着凝神继续听。管风琴并不大，品质却不错，弹得也非常好，表达出一种非常奇特又坚韧的个人意志，这使它听起来仿佛在祈祷。我产生了一种想法：这位演奏者知道埋藏在这首乐曲中的宝藏，他正在拼尽全力地追求、叩击着这些宝藏，就好像那就是他的生命。对于音乐技巧，我知之甚少，但从我还是一个孩子时，我就本能地能够领会这种灵魂的表达，感受到音乐是我内心的自然流露。

那位管风琴师还演奏了一些现代的乐曲，可能是马克斯·雷格，或者类似的音乐家的作品。教堂几乎完全暗了，只有一束微弱的光从一扇窗户那儿透出来。我等到了音乐结束，然后在教堂外来回踱起步来，直到看见管风琴师离开。他还很年轻，但比我大一些，身材矮小敦实，他走得很快，步伐矫健有力，却似乎又带着些不情愿。

从那时起，我就时常在傍晚时分来到教堂前坐着或者走来走去。一次，我发现教堂门开着，就去里面的长凳上坐了半小时，冷得发抖，但很快乐，管风琴师在昏暗的煤气灯的灯光下弹奏着。从他弹奏的音乐里我不仅听出了他自己，还听见了其他的东西，它们仿佛都彼此相关，有着神秘的联系。他弹奏的一切都满怀信仰，全身心地投入且虔诚，但却不是像教徒或者牧师那样的虔诚，而是像中世纪的朝圣者和乞丐所怀有的那种虔诚，无条件地献身于整个世界的虔诚，超越了一切教义。他不厌其烦地演奏着巴赫之前的大师作品，以及古老的意大利音乐。它们都诉说着同样的事情，那也是这位音乐家灵魂里的东西：一种渴望，与世界最热烈地接触，又最粗暴地与之分离，聆听内心的黑暗灵魂的热切渴望，狂热的献身感，对奇迹的强烈好奇。

有一次，当管风琴师走出教堂后，我悄悄地跟在他后面，看见他走进了位于市郊的一家偏僻的小酒馆。我情不自禁地跟了进去。那是我第一次看清楚他的模样。他坐在酒馆角落的一张桌子边，头戴一顶黑毡帽，面前放着一壶酒。他的脸和我想象中的一样，丑陋又有点粗野，带着一种好奇、顽固、任性又坚定的神情，嘴唇却透出点柔软的孩子气。他的眉眼和前额显现出一股强壮的男子气概，下半张脸则柔和天真，不受拘束，几乎有些柔弱了。他的下巴显得他有些迟疑和稚气，像是在对抗着额头和目光。我喜欢他深棕色的眼睛，骄傲又充满敌意。

我一言不发地走到他的对面。酒吧里没有其他人了。他瞪了我一眼，像是在赶我走，但我没有避开，目光坚定地看向他，直到他没好气地抱怨起来："你到底在看什么？你想干吗？"

"我不想干什么，"我说，"我已经从你这儿收获良多了。"

他皱起眉头。

"这么说，你是一个狂热的音乐爱好者？我觉得，沉迷于音乐让人恶心。"

我没有被他的话吓跑。

"我经常听你演奏，在教堂那儿，"我说，"我无意打扰你。我只是在想，或许我能从你身上找到什么特别的东西。具体是什么，我不知道。但不用理会我。我只在教堂里听你的音乐。"

"我一般都会把门锁上。"

"有一天，你忘了，我就坐进去了。通常，我都是站在外面，或者坐在路边的石头上。"

"是吗？下次你可以坐进来，里面暖和一点。敲门就行了。但是要用力敲，而且不要在我弹奏的中途。现在，继续吧，你想说什么？你这么年轻，看样子还在读高中或者大学。你是搞音乐的吗？"

"不，我只是喜欢听音乐，但仅限于你弹奏的那种——绝对的音乐，这种音乐会让你感到有人在摇晃着天堂与地狱。我想，我之所以喜欢音乐，是因为它与道德几乎没什么关系。其他所有东西要么是道德的，要么是不道德的，我在寻找一些不是这样的东西。道德只让我痛苦。我表达的可能不够好。你知道这世界必须要有一个亦正亦邪的神吗？我听说曾经有过这样一个神。"

音乐家将他的毡帽往后推了推，撩了撩额前的头发，身体贴向桌子，目光犀利地看着我。

他小声问我："你说的神叫什么？"

"事实上，我对这个神几乎一无所知，除了他的名字，他叫阿布拉克萨斯。"

音乐家疑神疑鬼地往周围望了一圈，仿佛担心有人偷听。然后，他再度凑过来，压低声音说："我想也是。你是谁？"

"我是个高中生。"

"你怎么知道阿布拉克萨斯的？"

"偶然得知。"

他用拳头用力地击打了一下桌子，酒杯里的酒洒了出来。

"偶然！别说这种屁……这种鬼话，年轻人！没有人会偶然得知阿布拉克萨斯的，你记着这一点。我可以告诉你更多关于他的事。我对他有一些了解。"

他沉默下来，把椅子往后推了推。我期待地看着他，他却做了个鬼脸。

"不是在这儿。再找个时间。这个，接着。"

他将手伸进一直没有脱下的外套口袋里，从里面拿出一把烤栗子，扔给了我。我什么都没说，接过来，把它们都吃了，感到心满意足。

"所以！"过了片刻，他低声说，"你是怎么知道……他的？"

我毫不犹豫地告诉了他。

"那时，我很孤独，不知道该做什么，"我说，"于是，我记起了多年前的一个朋友，在我看来，他无所不知。我画了一幅画，那上面是一只鸟正从一个球体中挣脱出来。我寄给了他。过了一段时间，当我觉得我不会收到他的回信时，我收到了一张纸条，上面写着：鸟要挣脱出壳。蛋就是世界。谁要诞生，须先毁掉一个世界。鸟飞向了神，神的名字是阿布拉克萨斯。"

他没接话。我们剥着栗子，就着酒吃它们。

"要再喝点酒吗？"他说。

"不用了，谢谢。我不爱喝酒。"

他笑起来，有点失望。

"随你！我不一样，我爱喝酒。我再待一会儿，你先走吧！"

下一次，我去找他，演奏结束后一起走时，他有些沉默。我跟着他穿过一条古老的巷子，走进一幢气派的老楼，上了楼，步入一间宽敞、昏暗又有些疏于打理的房间，里面除了一架钢琴，没有任何和音乐相关的东西，巨大的书柜和写字台给这个房间增添了些许知识的氛围。

"你的书真多！"我赞叹道。

"有些是我父亲的藏书。我跟他一块儿住在这儿——是的，年轻人，我和我父母住在一起，但我不能把你介绍给他们。我的朋友们在这个家里不太受待见。我的父亲在这个城市备受尊敬，是一位有名的牧师和传教士。如你所知，我本应该是他天资聪颖、前途大好的儿子，结果却不幸走上了歧途，甚至有些疯魔了。我曾经是一名神学专业的学生，但就在国家考试前，我放弃了那个大好的专业。虽然，事实上，我还是在研究这个领域，只不过是一种私人的研究，我最关注和感兴趣的是人们创造出来的各种各样的神。此外，我现在还是个乐手，看起来，似乎在不久之后，我就会得到一个管风琴手的职位。那样的话，我就再次回到教堂了。"

我浏览着那些书脊，在台灯的微弱光线下，依稀能看见那上面用希腊语、拉丁语和希伯来文书写的书名。此时，我的新朋友则趴在靠墙的地板上，捣鼓着什么东西。

"到这儿来，"一会儿后，他叫我，"现在，我们要来进行一点哲学的思索了。也就是说，闭上你的嘴，趴下来，思考。"

他划亮一根火柴，点燃面前那个壁炉里的纸和木柴。火焰蹿了上来，他小心翼翼地拨弄着柴火。我挨着他躺在一张旧地毯上。他盯着火焰，很快，我也被它吸引。大概有一个小时，我们静静地趴在那摇曳的火堆前，看着它燃烧、翻滚、平息、颤动、闪烁，直到最终化成壁炉底部一团沉寂坍塌的灰烬。

"拜火教不是人类最愚蠢的发明。"中间，他嘟囔过这么一句。除此之外，我们什么都没说。盯着火焰，我沉入了梦和寂静之中，在烟雾和灰烬中，我看到了各种各样的形状和意象。有一刻，我吓了一跳。我的朋友将一块松香扔进余烬中，一条扁扁的火舌突然蹿了上来，我将它认成了那只有着黄色鹞鹰头的鸟。火焰在壁炉里渐渐熄灭，金色的光在余烬中编织成网，字母和图画显现其中，它们让人想起记忆中的脸庞、植物、昆虫和蛇。当我回过神来，看向我的朋友时，他正手托着下巴，痴迷地凝望着那些灰烬。

"我得走了。"我轻声说。

"好，走吧。之后见！"

他没有站起身，灯灭了，我不得不费力地摸索着穿过那昏暗的房间、走廊和楼梯，离开这栋仿佛被施了魔法的房子。走到大街上，我停下脚步，回头看了它一眼。每扇窗户都黑着。在煤气灯的照耀下，门上的一个黄铜牌闪着光。"皮斯托瑞斯，教区长"，我念出铜牌上的字。

回家吃过晚饭，独自坐在我的小房间里之后，我才意识到，我既没有获得任何关于阿布拉克萨斯的信息，对皮斯托瑞斯也一无所知，我们说的话不超过十句。尽管如此，我还是非常享受这次拜访。他答应我，下一次我去听他演奏时，他会弹一首非常优美的管风琴曲：一段布克斯特胡德的帕萨卡利亚舞曲。

我没有意识到，当我和管风琴师皮斯托瑞斯躺在他那阴暗的隐士居所的壁炉前时，他已经给我上了第一课。凝视火焰对我有所启发，它强化并验证了我一直以来都怀有却并未领悟的某些兴趣。渐渐地，我开始理解这一点。

当我还是个小孩时，我就经常喜欢盯着自然界里某些奇怪的形状——不是简单地观察它们，而是沉浸在它们独特的魔力以及令人困惑又深邃的语言之中。树木长长的根须、石头上的彩色纹路、水面漂浮的油渍、玻璃的裂缝：所有的这些在那时都让我深深着迷，水和火、烟雾、云、灰尘，尤其是闭眼时会看见的旋转的彩色斑点。第一次拜访了皮斯托瑞斯的家后，我又开始想起这一切了，我感受到一种欢乐和新的力量，一种得到强化的自我意识，而这一切，都得感谢那次久久凝视火焰的经历。那是多么惬意又令人满足！

至此，在我寥寥无几的探寻生活真谛的人生经历上，又增添了一段新的。凝视这些图景，沉浸于非理性的、混乱而奇怪的自然形式中，使我的内心和催生出这些图景的意志和谐统一——很快，我们就会情不自禁地将这些形态看作自己的情绪和创造——我们会看见，自我和自然界的边界开始颤抖、消融。我们开始熟悉这一切，逐渐无法分辨视网膜上的图像究竟是来自外部世界，还是源于自身的图景。没有什么像这样的实践一样，能让我们如此简单快捷地意识到，自己也是创造者，我们的灵魂也在持续地参与着世界的永恒创造。这正是活跃于我们和自然之间的不可分离的神性，如果外部世界被摧毁了，我们中就一定会有人站出来重建它，因为，无论是山川还是河流、树木还是枝叶、根须还是花朵，自然界的一切形态都潜藏于我们心中，是我们灵魂永恒的本质。虽然我们并不了解这种本质，但爱和创造的力量却常常能让我们有所感知。

几年之后，我的这一观察在列奥纳多·达·芬奇的一本书中得到了证实。在书中，他谈到，观看一面被无数人唾弃过的墙是极为美好和深刻的体验。在面对墙上的这些潮湿唾液时，他的感受与我和皮斯托瑞斯在火堆前的感受是一样的。

再度见面时，管风琴手对我解释道："我们总是将个性的界限划得太过狭窄！我们只把个人的、异于常人的东西当作个性。但事实上，我们是由世界的全部所组成的，每一个人都是如此。正如我们的身体承载了进化的整个谱系，可以一直追溯到鱼，甚至更早时，因此，我们的灵魂也包含了整个人类灵魂的体验。所有存在过的神和魔鬼，不管是希腊的还是中国的，或者祖鲁人的，都作为可能性、愿望和出口存在于我们的心中。要是全人类都灭绝了，只有一个资质平庸、没受过教育的孩子幸存下来，这个孩子最终也会找到整个世界的运行方式，重建起神灵、恶魔、天堂、戒律、禁令，以及《圣经·新约》和《圣经·旧约》，重建起一切。"

"好，"我反驳道，"那个人的价值在哪儿？如果一切都在内心完成了，为什么还要去争取、奋斗？"

"住嘴！"皮斯托瑞斯粗暴地喊出来，"仅仅拥有一个内在的世界，和意识到它，区别巨大！一个疯子也可以说出让你联想起柏拉图的话，一个虔诚的神学院学生也能对诺斯替教派和琐罗亚斯德之间的深层神学联系进行反思。但他没有任何知觉。只要没有知觉，他就是树，是石头，顶多是个动物。然而，一旦知觉的火花在他心中初次闪现，他就是一个人了。你不会认为，仅仅因为他们会直立行走、繁衍后代，就能将在街上遇到的所有两足动物看作人吧？你很清楚，其中有多少都是鱼虫鸟兽、是蝼蚁蜜蜂！当然，每个人都包含着成为人的可能性，但只有察觉到这些可能性的存在，甚至学着去意识到它，他们才真正地拥有这些可能性。"

我们的谈话大致如此。它们很少会带给我全新的、撼动我的东西。但是，所有的这些谈话，即使是其中最普通的那些，也持续地敲打着我心中某个相同的角落，这一切都有助于自我的形成，剥去我的外壳，击碎蛋壳，每一次敲打都能使我的头抬高一点、更加自由，直到我的那只金色鹞鹰，最终能用那美丽的猛禽的头冲破世界的破碎外壳。

我们也经常向对方谈论我们的梦。皮斯托瑞斯知道如何解梦。其中有一次，我梦见我能够飞起来，不过是被猛甩到空中，无法自控。飞翔的感觉使我兴奋，但是，当我发现自己越飞越高、越来越失去控制时，兴奋变成了恐惧。在那一刻，我发现我能够通过控制呼吸来掌握飞行的升降。

对此，皮斯托瑞斯的评论是："让你飞起来的动力是伟大的人性财富。每个人都拥有它。这是一种与力量之根紧密相连的感觉，但很快，人们就会害怕这种感觉。它太危险了！那也是人为什么会将翅膀藏起来，走上循规蹈矩的道路。但你不同。你继续飞翔。看！慢慢地，你会发现，自己能够开始掌控你的飞行，在这个推着你向前的巨大力量之外，还有你自己的微小的力量，它是一个器官、一个方向盘。多么神奇！没有它，人就会被拉向高处，无能为力——那就是疯子的结局。相比于那些循规蹈矩的人，他们有更深的感知，但他们没有钥匙也没有方向盘，只能被卷入深渊。但是你，辛克莱，你走在正确的道路上。这是怎么做到的？你可能自己也不知道。你在运用一个新的器官，它可以调节你的呼吸。现在，你应该能意识到，在你的灵魂深处，并没有什么'独特性'。因为这种调节机制并不来自那儿。它不是新的！你借用了它：它已经存在了数千年之久。那就是鱼类用来掌握平衡的器官，它们的鱼鳔。事实上，如今，在鱼类中，还有少数奇怪的种类，它们的鱼鳔也能充当肺，发挥呼吸的功能。换一种说法，你梦中的肺也发挥了飞行的鱼鳔的功能。"

他甚至拿出了一本动物学的书，向我展示了这些古老鱼类的名字和插图。带着一种奇怪的战栗感，我感觉到，一种来自进化时期的古老的器官仍旧存在于我的体内。

第六章　雅各与天使摔跤

古怪的音乐家皮斯托瑞斯告诉我的有关阿布拉克萨斯的知识，很难用两三句话说清楚。其中最重要的是，我从他那儿学到的东西，使我朝自身又迈出了一步。那时，我十八岁左右，是个不太寻常的年轻人，在很多方面都早熟，而在其他方面则幼稚又无能。与其他同龄男孩相比较时，我既时常骄傲自负，又时常羞耻沮丧。我认为自己是一个天才，同时也是一个疯子。我无法融入同龄人的生活，常常在自责和焦虑之中挣扎：我无助地被排除在他们之外，遭到了生活的抛弃。

皮斯托瑞斯也是个十足的怪人，他教会了我保持自身的勇气和自尊。他总能在我的话语、梦境、幻想和思考中寻找出有价值的东西，不去轻视它们，而是严肃地加入思考，他成了我的榜样。

"你告诉过我，"他说，"你之所以喜欢音乐，是因为它是与道德无关的。我对此没有意见。不过，你也没必要让自己成为一个卫道士。你不必与其他人比较：如果你的天性是一只蝙蝠，就没办法变成鸵鸟。有时，你会觉得自己很奇怪，为自己走上了一条与大众不同的道路而感到自责。你必须打消这些想法。去凝视火焰，去观看云朵，一旦灵光乍现，内心的声音开始说话，就听从它们，不要先去怀疑这样是否会被你的老师、父亲或者什么神明允许、接纳。那样的话，你会毁掉你自己。你只会变得故步自封、死气沉沉。辛克莱，我们的神的名字是阿布拉克萨斯，他既是上帝又是撒旦，集光明与黑暗于一身。阿布拉克萨斯不会反对你的任何想法、任何梦想。不要忘记这一点。但是，一旦你变得无可指摘和平庸无奇，他就会离你而去，寻找下一个容器，好让他的思想在其中沸腾。"

在我所有的梦中，关于爱的黑暗之梦是最忠诚的。无数次，我梦见自己穿过有着鸟形徽章的拱门，走进家中，想要拥抱母亲，抱到的却是一个半男半女的高大女人，我既害怕她，又被她深深地吸引。我永远没办法对我的朋友坦白这个梦境，即使我已告诉了他其他所有事情，也依然将这个秘密封存于内心。那是我的角落，我的秘密，我的庇护所。

当我情绪低落时，我会请求皮斯托瑞斯弹奏布克斯特胡德的帕萨卡利亚舞曲。坐在暮色四合的教堂里，我全身心地沉浸在这种奇特、热忱又投入的音乐之中，仿佛在聆听自己，每一次都能给我以抚慰，使我更加接近内心的声音。

有时，音乐停下来之后，我们还会在教堂里坐上片刻，看着微弱的光线从尖形拱顶的高高的窗户中透进来，慢慢消失。

"听起来很奇怪，"皮斯托瑞斯说，"我曾经攻读神学，差点还成了神父。但这只是我犯下的一个形式上的错误。我的使命和目标仍旧是成为一个神父。只是我太早就满足了，在知道阿布拉克萨斯之前就将自己献给了耶和华。每一种宗教都是美的，宗教是灵魂，不管是领基督教的圣餐，还是去麦加朝圣，都是一回事。"

　　"但是，"我插话说，"你本来是可以成为一名神父的。"

　　"不，辛克莱。那样的话，我就不得不撒谎。我们的宗教被应用成什么其他东西了，某种出于理智的东西。最坏的结果是，我可能会成为一个天主教的神父，但新教——不！少数真正的信徒——我知道有一些——拘泥于文本。我不能跟他们说，举个例子，对我来说，基督不是一个人，而是一位英雄、一个神话，一个人类在永恒之墙上描绘自身的绝佳投影。至于对另外那些人，去教堂只为听有趣的段子、履行义务或者仅仅为了凑热闹的人，我有什么好说的？去感化他们吗？你是这个意思吗？我不愿意这么做。神父并不想劝人皈依，他只想活在信徒之中，活在志同道合的人之中，成为我们对神的信仰之情的载体和表达。"

　　他顿了一下，继续说："我的朋友，我们选择以阿布拉克萨斯命名的新宗教是美的。这是我们所拥有的最好的东西。但它还只是初具雏形。它的羽翼还未丰满。一个与众不同的宗教也是不对的。必须要有组织，有崇拜的仪式、迷醉、庆典和神秘的东西……"

他陷入幻想之中，沉浸在自己的世界。

"难道个人或者小团体就不能进行神秘仪式吗？"我犹豫地开口。

"一个人也可以。"他点点头，"我已经一个人这么做了很久了。我有自己的崇拜仪式，如果被人发现，我可能会被判处好几年监禁。但我知道，这并不是正确的方式。"

突然，他拍了一下我的肩，我惊得站起来。"孩子，"他诚恳道，"你也有自己的神秘仪式。我知道，你肯定有一些不愿意跟我说的梦。我也不想知道它们。但我可以跟你说：将这些梦实践于生活，去演绎它们，为它们建造祭坛。虽然这不是最理想的方式，但指向正确的方向。至于你我或者其他少数人是否能改变这个世界的面貌，现在还很难说。但我们自己必须在内心每日更新它，否则我们就不是严肃地在对待它。不要忘了这一点！你十八岁了，辛克莱，你没有去找妓女。但你肯定有关于爱的梦想，有欲望。或许还怀有恐惧。不必如此。它们是你拥有的最美好的东西。相信我。我在你的年纪，因为抗拒这些爱之梦，失去了很多。不应该那样。当你知道了阿布拉克萨斯，你就不能再这样做了。对于灵魂呼唤的任何东西，你都不应该害怕它、禁止它。"

我吓了一跳，反驳道："但你不能随心所欲地去做任何事！你不能因为憎恨某人就杀了他。"

他靠近了我一点。

"在必要时，这样也没问题。只不过，大多数时候，那是错的。我不是说你应该为所欲为。不是那样。但是，对于那些好的想法，你不应该将它们驱逐，或是加以道德的约束。与其将自己或者他人钉在十字架上，不如喝着圣杯里的酒，沉思献祭的奥义。就算没有这些仪式，你也可以怀着尊重和爱去对待你的欲望或者说所谓的诱惑。这样一来，它们就会显示出自身的意义——它们确实都各有意义。下次，如果又有了一些疯狂或者罪恶的念头，像是杀掉某人，或者犯下十恶不赦的罪行，辛克莱，在那样的时刻，你就想是阿布拉克萨斯在通过你幻想。你想除掉的当然不是某个人本身，而仅仅是一个表象。如果你憎恨某人，憎恨的也是他身上的某种你也有的东西。那些不属于我们自己的东西，不会对我们造成困扰。"

皮斯托瑞斯从未对我说过像这样让我触动的话。我无言以对。但最让我深深动容的是，他的劝诫与多年来我珍藏于心的德米安的那些话如出一辙。他们不认识彼此，却跟我说了同样的话。

"我们看到的东西，"皮斯托瑞斯轻声说，"也是我们内心的东西。除了内心的真实，没有其他的真实。这也是为什么大多数人都在过一种不真实的生活。他们将外在的图景当作了真实，压抑了内心的世界，不让它发挥作用。那样也能幸福。可是，一旦了解到另一种说法，你就不会再选择那条庸常之路了。辛克莱，大多数人的道路是简单的那条，而我们的则困难重重。"

那次之后，我等了两次也没有等到他，又过了几天，某个晚上，我在街上遇到了他。他独自一人，在寒风中从街角那儿跌跌撞撞地走来，喝得醉醺醺的。我不想叫住他。经过我身边时，他没有看我，而是直直地看着前方，目光灼热而孤独，仿佛在追寻着从未知世界发来的黑暗召唤。我跟了他一条街，看见他像是被一根看不见的绳子牵引着，步伐狂热而慌张，恍若一个幽灵。我只好悲伤地回到家，回到我的那些挥之不去的幻梦中。

"原来他就是这样更新着内心世界的！"我想。与此同时，我也意识到，这是一种低劣的道德评判。我对他的梦又了解多少？或许，比起我在胆怯时走路，他醉酒时的步伐更稳健。

我发现，课间休息时，有一个我从来没有注意过的同学总是试图靠近我。他是一个矮小瘦削的男孩，有着稀疏的红棕色头发，看上去很虚弱，目光和行为都透着些古怪。一天晚上，当我独自回家时，他站在巷口那儿等我。我经过他后，他便从我身后跟上来，一直跟到了宿舍门外。我停下来。

"你有什么事吗？"我问。

"我只是想跟你说说话，"他害羞地说，"请跟我走一会儿吧。"

于是，我们一起走起来。我察觉到，他非常兴奋，满怀期待，双手颤抖着。

突然，他问："你是巫师吗？"

"不是，克瑙尔，"我笑着说，"完全不是，你怎么会这么想？"

"那你通灵吗？"

"不，也没有。"

"啊，别这么神秘兮兮的！我能很清楚地感觉到，你有什么不同之处。能从你的眼睛里看出来。我敢肯定你在和鬼魂幽灵交流……我不是出于好奇才问你的，辛克莱，不是的！我也是一个追寻者，你知道的，我觉得很孤独。"

"跟我讲讲，"我鼓励他说，"我不知道任何关于鬼魂幽灵的事，我只是活在我的梦中，你已经察觉到了这点。其他人也活在梦中，但不是活在自己的梦中，区别在这儿。"

"是，你或许是对的，"他低声道，"这完全取决于你活在什么样的梦里……你听说过白魔法吗？"

我说没有。

"那是一种自我控制的修习。学了之后,你可以永生,也能够对人施法。你从没有练过吗?"

我有些好奇,问了一些关于修习的问题,他显得戒备十足,直到我转身要走时,他才透露了实情。

"比如说,当我想要睡觉或者专注在某件事时,我就会做其中某项练习。我会想一些东西,像是一个词语、名字或者几何形状。我会尽可能地将其融入自己。我会试着在脑中想象它,直到我能感觉到它真的在那儿,然后,我会想象它进入我的脖子,诸如此类,直到我完全被它填满。这样之后,我就会坚定无比,再没有任何东西能使我分心。"

我大概明白了他的意思。但我感觉他有什么其他心事。他看上去异常兴奋、焦躁不安。我试图让他放松下来,没过多久,他就说出了真正的来意。

"你也禁欲,不是吗?"他怯怯地开口。

"你指的是什么,性欲吗?"

"对,对,从我开始修习后,已经禁欲两年了。那之前,我曾有过恶习,你知道的……你从来没有跟女人在一起过?"

"没有,"我说,"我没有找到合适的。"

"但如果你找到了,你会跟她睡觉吗?"

"当然!如果她不介意的话……"我有点嘲弄地说。

"噢，但那样做是错的！只有保持绝对的禁欲，内心的力量才能得到训练。我已经修习两年了。两年零一个多月！这太难了！有时候，我几乎忍无可忍了。"

"听着，克瑙尔，我不认为禁欲有那么重要。"

"我知道，"他反驳道，"每个人都那样说。但我没想到你也会这么说！一个人想要走向更高的精神之路，就必须保持纯洁，绝对的纯洁！"

"好吧，那你就去做吧！但我不明白，为什么压抑性欲的人就会比其他人更为'纯洁'？你能将性欲从脑子里和梦里彻底清除吗？"

他绝望地看着我。

"不，那是做不到的！我的上帝！但我别无选择。我做过一些梦，事后，我自己都没办法面对。可怕至极的梦！"

我想起皮斯托瑞斯跟我说过的话。然而，不管我觉得他说的有多正确，我都不能将它们传达给其他人——我不能给予别人不是来自我的亲身体验的建议，我自己甚至都没办法将其付诸实践。我沉默了，有人向我求助，我却无能为力，这让我感到羞愧。

"我什么都试过了！"克瑙尔在我身边哀叹道，"我做了能做的一切——冷水、冰雪、做操、跑步——但都无济于事。每天晚上，我都会从难以启齿的梦中醒来。最可怕的是，我精神上的修习也在退步。我几乎再也无法集中在某件事上，让自己睡着。有时，我一整夜都难以入眠。我不能再这样下去了。但是，如果我不能抗争到底，就这样放弃，再次玷污自己，我就会变得比那些从未尝试过这样做的人还要糟糕。你能明白的，对吗？"

我点点头，但无话可说。事实是，他开始让我感到乏味了。对他的痛苦和绝望，自己竟然无动于衷，这也让我感到惊讶。我只是觉得：我帮不了你。

"所以，你也无能为力吗？"最后，他疲惫而绝望地说，"什么办法也没有？一定有办法的！你是怎么做到的？"

"我没办法告诉你什么，克瑙尔。在这件事上，别人帮不了忙。也没有人帮助过我。你必须自己思考，做真正合乎本性的事情。除此之外，别无他法。在我看来。如果你连自己都找不到，更别提找到什么幽灵了。"

小家伙看着我，面露失望，沉默下来。随后，他的眼睛里突然燃起仇恨的火焰，他朝我做了个鬼脸，愤怒地吼叫道："你在我面前扮圣人！你也有你的罪孽，我知道！你看上去体面正直，私底下也跟我们所有人一样污秽不堪！你是一只猪，和我一样。我们都是猪！"

我离开了，留他一个人在那儿。他在我后面跟了两三步，停下脚步，转身跑走了。我对他既同情又厌恶，这让我觉得难受。直到我回到小屋，将几幅画摊开在身边，沉入梦境之中，才终于摆脱这种感受。很快，我的梦就回来了——家中的那扇门、那枚徽章、我的母亲和那个陌生女人——我无比清晰地看到了那个女人的面庞，那一晚，我开始画她的画像。

在梦境般的驱使下，我挥舞着画笔，几天后，就将这幅画完成了。我把它挂在了墙上，将书桌上的台灯拿到画前，面对着它，仿佛面对的是一个我必须要与之抗争到底的幽灵。那张脸与之前那张脸，与德米安的脸，都有相似之处，某些特征也像我。她的一只眼睛明显高于另一只。她的目光穿过我，投向远方，深邃而坚定，充满了命运的意味。

我站在画前，感到一阵寒意从我缩紧的内心深处侵入胸膛。我对着这幅画质问，指责它，爱抚它，对它祈祷；我唤它为母亲、爱人、妓女和荡妇，我叫它阿布拉克萨斯。在某个时刻，皮斯托瑞斯的——或者是德米安的——话浮现在我的脑海，我不记得那些话是什么时候说的了，但又感觉它们再度在耳边响起。那是雅各与天使摔跤时说的话："你若不给我祝福，我就不允你离去。"

灯光中，那张脸随着我的每次呼唤而变幻着。它忽而熠熠生辉，忽而昏沉暗淡；一时，眼皮耷拉在空洞无神的眼睛之上，一时又突然睁开，迸射出灼热的目光。它是女人、男人、小孩、动物，一会儿如墙上模糊的斑点，一会儿又变得巨大清晰。最终，听从了内心的强大的命令，我合上了眼睛，观看着心中的意象，它变得从未有过的强壮有力。我想要跪倒在它面前，但它已成为我的一部分，再也无法割离，它仿佛已经完全变成了我。

这时，我听到了一声春日雷暴般黑暗、沉重的咆哮，我颤抖着，心中生出一种难以言喻的充满恐惧的新的感受和体验。星星在我眼前忽明忽暗地闪烁着，我想起了早已遗忘的童年最初的日子，甚至是那些在我存在之前的记忆，它们朝我奔涌而来，这些记忆仿佛再现了我的整个人生，深入隐藏最深的秘密之中，不止于昨天或者今天，它们延续着，映现出未来，将我从现在拉进全新的生活形式。这些景象出奇的灿烂明亮，使人无法直视，但之后我却几乎一点也不记得了。

夜里，我从沉睡中醒来，仍旧穿着衣服斜躺在床上。我点亮灯，感到有什么重要的事情需要记起来，却想不起前一个小时里发生的任何事了。灯光下，我渐渐有了头绪。我去找那幅画，发现它已经不在墙上了，也不在桌上。我模模糊糊地想起来，我烧掉了它。还是说那只是梦？我亲手烧了它，还吞掉了灰烬。

一种强烈的不安向我袭来。我戴上帽子，仿佛受到了逼迫一般，走出房屋、穿过小巷，发狂似的奔跑在街道和广场上，我站在我朋友常去的那所黑暗的教堂前倾听了一会儿，在某种冲动的驱使下，我急切地寻找着，却不知道究竟要找什么。我路过了一个妓院林立的街区，那里有几扇窗还稀稀拉拉地亮着灯。我继续走，来到了一个更偏僻的地方，那里矗立着一堆新建的房屋，地上到处都是砖块，其中一部分覆盖着积雪。被奇怪的冲动驱使着，我梦游一般，游荡在街道上，我想起了家乡的那栋新楼，在那里，克罗默第一次向我伸手要钱。在这个灰蒙蒙的夜里，一栋相似的房屋矗立在我面前，昏暗的入口朝我敞开。它召唤着我进入：我想逃走，却被沙子和垃圾绊得跟跟跄跄。驱使着我的那股力量更加强大了，我不得不走了进去。

跌跌撞撞地穿过那些木板和砖块，我走进一个荒僻的房间，里面散发着新水泥潮湿阴冷的气味。除了地上那堆沙子发出的灰白的光，屋子里一片黑暗。

这时，一个惊恐的声音喊了出来："我的上帝，辛克莱，你怎么会在这儿？"

一个身影从我身边的黑暗中走出来，那是一个瘦小的家伙，恍如幽灵。尽管吓了一跳，我还是认出了他，我的同学克瑙尔。

"你怎么也在这儿？"他激动地问，"你怎么找到我的？"

我不明白他的意思。

"我不是在找你。"我讷讷道。我每说一个字都磕磕巴巴、倍感吃力，仿佛嘴唇被冻僵了一样。

他盯着我。

"你不是在找我？"

"不是。我是被某股力量吸引来的。你呼唤我了吗？你肯定呼唤我了。不过，你在这儿干什么？都这么晚了。"

他用他瘦削的胳膊颤抖着将我抱住。

"对，是很晚了。马上就要天亮了。你能原谅我吗？"

"原谅你什么？"

"啊，我之前对你太恶劣了。"

此刻，我才想起我们的谈话。不过才四五天吧？感觉却仿佛过了一生。突然，我明白了一切。不只是我们之间发生了什么，也包括我为什么会到这儿，以及克瑙尔为什么会在这儿。

"你想自杀，对吗，克瑙尔？"

他在寒冷和恐惧中颤抖着。

"是，我想自杀。我不知道我能不能做到。我想等到天亮。"

我将他拉到了室外。灰蒙蒙的天空中，第一缕日光从地平线上升了起来，闪烁着稀薄萧索的冷光。

我挽着这个男孩的胳膊走了一会儿。然后，我听见自己说："现在，回家吧，不要跟任何人提起一个字！你误入歧途了。我们不像你所想的那样是猪，我们是人。我们创造了神，与其斗争，而诸神则庇佑着我们。"

我们继续走了一会儿，什么也没说，就各自离开了。当我回到家，天已经亮了。

在 St 城度过的日子里，最好的莫过于与皮斯托瑞斯在教堂或火堆前的那些时光。我们一起读了关于阿布拉克萨斯的希腊语文本，他还为我读了几段《吠陀经》的译文，教我念神圣的"唵"字真言。然而，真正使我的内心得到滋养的并非这些神秘的知识。相反，激励我的是我在自我探索上的进步，我越来越相信自己的梦、思想和直觉，也越来越认知到自己的内心力量。

皮斯托瑞斯和我有着很深的默契。只要我想着他，他就一定会给我捎来消息或者来找我。和德米安一样，我可以询问他任何事，无须他本人出现，我只需想象着他的形象，将问题化为强烈的思绪投向他。然后，所有付诸这个问题上的精神上的努力就会转化为答案，回馈给我。只不过，我召唤的不是皮斯托瑞斯或者马克斯·德米安，而是我梦中和画中的意象，那个半男半女的恶魔。如今，它不再局限于我的梦中，也不再局限于纸上，而是活在我心中，作为一个理想和强化的自我。

试图自戕的克瑙尔和我之间开始产生一种独特的关系，有时甚至有点可笑。从我将他送回去的那晚起，他就像一个奴隶或者狗一样依附着我，绞尽脑汁想要融入我的生活，无条件地服从我。他常常对我提出令人惊讶的问题和请求，有时想看鬼怪幽灵，有时想要学习犹太神秘哲学，我向他保证，我对这些东西一无所知，他又不信。他觉得我无所不能。奇怪的是，每次，他带着困惑和愚蠢的问题来找我时，恰好也是我自己有所困惑的时候，而他那些异想天开的想法和请求总能带给我一些解决问题的启发和助力。我常常对他感到厌烦，毫不留情地将他赶走；尽管如此，我深知，他也是被派遣到我身边的，我所给予他的，他都双倍奉还给了我，他也是我的一位向导，或者一个路标。他给我带来不少神秘学的书籍，他从中获得了安慰，也让我获益良多，尽管那时的我还没有意识到这一点。

后来，克瑙尔悄无声息地消失在了我的生活中。我们从未产生过冲突，也没有理由如此。不像皮斯托瑞斯，在 St 城度过的最后的那段日子里，我和他之间发生了一件奇怪的事情。

即便是最善良的人，在他们的一生中，也总有那么一次或者几次，会陷入与虔诚、感恩的美德的冲突之中。或早或迟，每个人最终都会与父亲和老师分道扬镳，都会品尝到深刻的孤独——虽然，大多数人都会无法承受，很快妥协，退回原地。我自己并没有以一种激烈的方式与父母以及他们那个"光明世界"告别，而是不知不觉地渐行渐远。不得不采取这样的方式，让我很难过，每一次回家时，我都会经历痛苦的时光，但这种痛苦不算太深，还可以承受。

但是，对于那些我们不是出于习惯，而是出于自由意愿去爱和尊敬的人，那些遵从内心去交往的朋友，当我们突然意识到，心中奔涌的激流正在将我们与所爱的一切冲散时，那才是真正可怕而苦涩的时刻。每一个背离朋友和师长的想法都会成为毒刺扎在心上，每一次反抗最终都会成为耳光打在自己脸上，那些自诩道德的人，也会被冠上"不忠"和"忘恩负义"这些可耻的词语和印记，于是，恐惧的内心胆怯地逃回到了童年美德的迷人山谷，不敢相信自己必须要去完成这次决裂，切断那根纽带。

随着时间的推移，我的心里开始渐渐抗拒，不愿再毫无保留地将皮斯托瑞斯看作一位导师。我们的友谊，他的忠告，他带给我的慰藉、关怀，是我青春期最重要的那段时光中弥足珍贵的东西。上帝通过他与我对话。借他之口，我的梦才得到了澄清和解释，再度回到我身边。他给我以信心。现在，我却萌生出抗拒他的意识。他的话中有太多的说教，我觉得他只理解了部分的我。

事实上，我们之间没有发生争吵、决裂，也没有清算。我只说了一句并无恶意的话，但正是在那一刻，我们之间的幻觉破裂了。

那种模糊的预感笼罩在我心上已久，某个周日的早上，在他的书房里，它才终于变成了明确的感受。我们躺在壁炉前，他谈论起一些有关神秘学和宗教仪式的东西，那是他正在研究的课题，他关注着它们未来的发展。对我来说，这一切似乎都只是古怪的泛泛而谈，无关紧要，有些学究气，听上去像是在旧世界的废墟里的费力探寻。突然之间，我对他那一整套神话崇拜、古老信仰的拼接游戏感到了强烈的厌恶。

"皮斯托瑞斯，"我突然以一种恶毒的口气说，这让我自己也吓了一跳，"你应该再跟我讲讲你的梦，晚上会做的那种真实的梦。你现在跟我说的这些都太过时了。"

他从未听过我那样讲话，与此同时，我羞愧地意识到，我射向他且正中他心脏的那支箭，恰恰取自他自己的武器库：那些我常常听到的他的自嘲，现在，被我恶毒地拿来攻击他。

他立马沉默下来。我恐惧地看着他，他的脸变得惨白。

在一段难以忍受的沉默之后，他一边将新鲜的木柴添进壁炉里，一边轻声说："你是对的，辛克莱，你是个聪明的男孩。从现在开始，我不会再跟你说这些老掉牙的东西了。"他的语气异常平静，但显然受到了伤害。我都干了什么？

我想说一些鼓舞他的话，恳求他的原谅，向他表明我对他的爱和深深的感激。无数感人的话语涌上心头，但我却说不出口。我只是躺在那儿，盯着火堆，沉默不语。他也跟我一样，沉默着，我们就这样躺着，火势渐渐微弱下去，在每一束熄灭的火焰中，我都感到，一些美丽而真诚的东西正在不可避免地消亡，再也找不回来。

"你恐怕误解我了。"最终，我勉强开口，声音听上去干涩嘶哑。这些愚蠢、毫无意义的话机械地从我嘴里蹦出来，仿佛在念报纸。

"我完全理解你，"皮斯托瑞斯轻声说，"你是对的。"他停顿片刻，又缓缓说道："毕竟，每个人都有反对其他人的权利。"

不！不！我说得不对！我的心中有个声音叫喊起来——但我还是说不出口。我知道，我寥寥数语，就击中了他的关键弱点，他的痛苦之处和伤口。我碰触到了他心中自我怀疑的角落。他的理想方式是"寻古"，他在过去中找寻，他是一个浪漫主义者。突然，我深深地意识到：皮斯托瑞斯曾展现出来的东西，以及给予我的东西，恰恰是他自己不能成为也不能给予自己的。他带领我走上的这条道路，最终会使我超越并且背弃作为引路人的他。

天知道，我怎么会说出那种话！我并无恶意，也没料到这些话会造成这样灾难性的后果。说出那些话时，我根本没有意识到其中的含义。我一时冲动，被一种小小的、有点机灵又恶毒的念头驱使，却一语成谶。我一时不慎的小过错，在他那儿却成了一次审判。

当时，我多希望他能生气，为自己辩解，对我斥责！他没有这样做，我只能自我谴责。如果他能办到的话，大概还会笑出来，但事实上，他却不能，而这也正好说明了，我对他的伤害有多深。

他遭到了我这个粗鲁又不知感恩的小学生的打击，却沉默地接受了，承认我是对的，将我的话视为命运，这让我厌恶起自己，使我越发意识到了自己的轻率。当我射出那只毒箭时，以为自己击倒的会是一个强壮的、全副武装的人，结果他却静静忍耐，毫无防备，放弃了抵抗。

我们在快要熄灭的火堆前待了很久，火光中的每一个意象，每一撮灰烬，都使我想起我们之间的那些美好时光，而我对皮斯托瑞斯的歉疚也随之加深。最后，我再也无法忍受，站了起来，离开了那里。我在他屋子的门外、在昏暗的楼道里站了很久，在他家门外等了更久，想看他是否会跟出来追我。他没有出现，我不得不转身走了，我穿过小镇、郊区和树林，走了很久，直到夜晚来临。那时，我第一次感受到我额前该隐的印记。

很久之后，我才开始思考究竟发生了什么。一开始，我满心自责，想要为皮斯托瑞斯辩护。但却总是得出相反的结论。无数次，我都想要忏悔，收回自己轻率的言论——尽管它是对的。直到现在，我才终于完全理解了皮斯托瑞斯，领会了他的整个梦想。他的梦想是成为神父，宣扬新的信仰，塑造出拔高的、爱和崇拜的新形式，树立新的象征。但这并非他力所能及，也不是他的职责。他太过迷恋过去，太过了解古代的知识，太过精通埃及、印度、密特拉神和阿布拉克萨斯。他的爱受限于这个世界已有的景象，然而，他内心又深知，新事物必须是全新的、不同以往的，它必须生发于新鲜的土壤，不能来自博物馆和图书馆。或许，他的作用是引领人们走向自我，就像他对我的指引。为他们提供前所未有的新神，则不是他能做到的。

这时，一种认知如同烈焰，灼烧着我：每个人都有自己的"职能"，但这却不是个人所能随心所欲地选择、定义或者掌管的。呼唤新神是错的，意图给予这个世界什么，更是彻彻底底的谬误。觉醒的人只有一项职责——找到通往自我的道路，固化自我，沿着这条路走下去，不管它通往何方。这种认知深深地撼动了我，它是此番经历的成果。我经常幻想着未来的图景，推测我可能会成为的角色，或许是诗人、先知或者画家，以及与此类似的人物。

然而，所有的这些都是徒劳。我不是为了写诗、布道或者绘画而存在的，其他人也不是。每个人都只拥有一个真正的使命——找到通往自己的道路。他或许最终会成为诗人、疯子、先知或者罪犯，这些其实都无关紧要。他的任务是找寻自己的命运，而不是他人的命运，然后彻底而坚决地去践行它。其他的一切，不过是妥协和权宜，是逃避，是逃回到大众理想那儿去，是随波逐流，是对自己内心的恐惧。一幅新的图景在我的眼前冉冉升起，威严、神圣，我曾无数次预知过它，甚至可能还说出口过，但这一刻，我才真正地体会到它。我是大自然的一次尝试，一次未知的赌博，或许会迎来新生，也或许会落入虚空，我生活的唯一使命，就是让这一尝试从古老的深渊中萌发，从内心去感受它的意志，使其完全成为我自己的意志。只是如此！

我已经饱尝孤独的滋味了，现在，我怀疑还有更深的、无法回避的孤独在前方。

我没有尝试过与皮斯托瑞斯和解。我们还是朋友，关系却变了。那件事，我们只谈过一次，确切地说，只是他谈起过。他说："如你所知，我的愿望是成为一名神父。我最想成为我们的直觉所指的那种新信仰的神父。但我永远也当不了，我知道这一点。我很早之前就知道了，只是不愿意承认。我会去做一些其他的神职工作，像是弹奏管风琴，或者其他什么。但我需要身处美丽而神圣的东西之中：管风琴乐、神秘仪式、象征和神话。我需要它们，无法放弃。那是我的弱点。辛克莱，我知道，我不应该有这种欲望，它们是奢侈的、软弱的。任凭命运摆布，无欲无求，或许会更好，也更正确。但我做不到，完全做不到。或许有一天，你可以做到。这件事很难，它是这世上唯一真正困难的事情，我的孩子。我经常梦想自己做到了，但结果还是不能，它让我感到恐惧。我无法忍受那样的赤裸和孤独，就像其他人一样，我只是一只软弱可怜的狗，需要温暖和食物，有时候也需要亲近同伴。如果，除了自己的命运，一个人真的别无所求，那么他就不会有任何同伴，他会陷入完全的孤独，身处冰冷的世界。这就像耶稣在客西马尼园中，你明白的。有些殉道者心甘情愿被钉在十字架上，但他们也不是英雄，没有得到解脱：他们渴望熟悉而舒适的东西，有榜样，有理想。只追求命运的人不会有榜样和理想，没有爱，没有慰藉！那才是人真正应该走上的道路。像我们这样的人非常孤独，但至少还有彼此，还有隐秘的满足：自己与众不同，离经叛道，追求不凡。如果，你想将命运的道路坚持到底，那么这些也应当放弃。不能妄想成为革命者、榜样或是殉道者。那是难以想象的……"

是的，那是难以想象的。但你可以梦想它、探索它、感知它。有几次，当我处在绝对的平静状态之中，我感觉到了它。然后，我朝自己的内心望去，看见自己命运的图景正瞪视着我。这些眼睛或充满智慧，或极尽疯狂，或闪耀着爱，或流露出恶，对我来说，它们都是一样的。它是无法被选择的，也无法被渴望。人只能渴望自己，渴望自己的命运。在这条路上，皮斯托瑞斯带领我走了一段。

那些天，我盲目地四处闲逛，内心则刮起风暴。每一步都危险重重。我的眼前只有黑暗的深渊，迄今为止，我走过的每一步都通向这个深渊，并最终被它吞噬。我在灵魂中看见了引导者的形象，他看上去像德米安，眼睛里透露出我的命运。

我在一张纸上写道："一位引路人离开了我。我深陷黑暗之中。我无法独自踏出一步。救救我！"

我想要把它寄给德米安。但我忍住了，每一次，我想这么做时，都会觉得这愚蠢又荒唐。尽管如此，我还是将这段小小的祷词记在了心里，经常暗自诵读。它日日夜夜、时时刻刻陪伴着我。我开始明白祷词是什么了。

我的中学时代结束了。根据父亲的计划，我在假期会进行一次旅行，然后就去大学报到。我还不知道应该读什么专业。我获准攻读一个学期的哲学，但就算换了其他的专业，对我来说也一样。

第七章　艾娃夫人

假期中的某天，我去探访了德米安和他母亲多年前居住的房子。一个老妇人正在花园里散步，我与她攀谈起来，得知她是那栋房子的主人。我向她打听德米安一家。她对他们印象很深，但不知道他们现在住在哪里。她看出来我很好奇，因此，将我带进屋里，翻出一本皮面相册，给我看了德米安母亲的照片。我几乎对她的样貌一无所知，但看到那张小小的肖像照时，我的心跳顿时停止了。那是我梦中的人！是她，那个强壮高大、具有男性气质的女人，和德米安很像，面容既慈爱又严厉，满怀激情，美丽诱人，不可接近，既是魔鬼又是母亲，既是命运又是爱人。就是她！

　　知道自己的梦中人竟活在这个世上，简直如同奇迹！世上真有一个女人，她的相貌承载着我命运的特征！她去哪儿了？而且她还是德米安的母亲。

　　不久之后，我踏上了旅途。那真是一次奇怪的旅行！我不知疲倦地从一个地方赶往另一个地方，跟随着每一次冲动，寻找着那个女人。有时，我会碰到一些与她样貌相似的人，让我想起她，她们吸引我穿过异乡城市的街巷，穿梭在火车站，登上列车，如同坠入纷繁复杂的梦中。有的时候，我意识到这种找寻是徒劳的，我就会坐在公园、酒店的花园里或者候车室里，审视自己的内心，想要唤醒潜藏在其中的意象。但它变得害羞胆怯，转瞬即逝。我无法入睡，最多在火车穿行于陌生的风景时打个小盹。有一次，在苏黎世，一个女人一直跟在我后面。她很漂亮，相当大胆，我几乎不看她，继续走着，当她是空气。我宁愿死，也不愿意对其他女人产生一点兴趣。

我感到我的命运正在向我靠近，完满的时刻即将到来，但又因为什么都做不了，格外烦躁不安。一次，大概是在因斯布鲁克的火车站，我透过一辆出站列车的窗户看见了一个身影，那使我想起了她，为此，我痛苦了好几天。夜里，这个身影再度出现在我的梦中，我羞愧地醒来。这种徒劳的找寻，让我空虚又沮丧。于是，我搭上下一班火车，回家了。

几周之后，我进入了 H 大学。一切都让我沮丧。我上的哲学史课程就像学生活动一样，琐碎无聊、毫无新意。所有的东西都是老一套，每个人都做着一样的事，那些稚嫩的、孩子气的脸上洋溢的喜悦也显得那样空洞、虚假。但至少我是自由的，有大把的时间花在自己身上，我住在城郊一个安静舒适的老房子里，桌子上摆放着几本尼采的书。我和他生活在一起，感受着他孤独的灵魂，为无情驱赶着他的命运而震颤，与他一同受难，为有人能够如此坚定地走自己的路而感到欣喜不已。

一天傍晚，我在镇上闲逛。秋风拂过，酒馆里传来大学生社团的歌声。烟雾从敞开的窗户飘散出来，歌声此起彼伏，嘹亮、整齐，却毫无灵气和生机。

我站在街角，聆听着，两家酒馆里，年轻人排演着的欢乐歌声在夜色中回荡。所有人都聚在一起，寻找同伴，人人都逃避着自己的命运，躲进人群中寻找温暖。

这时，两个人从我身后走过去。我听到了他们的一段谈话。

"这不就像非洲村落里的青年酒馆吗？"其中一个人说，"一切都不出意料，连文身也成了一种流行。看吧，这就是年轻的欧洲。"

这个声音听起来有些奇妙，让我感觉似曾相识。我跟随着两人走进暗巷。其中一个人是日本人，矮小优雅。在街灯下，我看见他那张黄皮肤的脸上浮起笑容。

另一位继续说。

"我想日本也好不到哪儿去。不随大溜的人在哪里都很少见。这里也寥寥无几。"

每一字、每一句都让我激动而欢乐。我认出了这个说话的人。他就是德米安。在微风拂动的夜色中，我跟着他和那个日本人穿过无数条昏暗的街道，聆听着他们的对话，欣赏着德米安的声音。他仍旧是那副熟悉的腔调，成熟自信、平静安宁，令我心折。现在，一切都好了。我找到了他。

在郊区一条街道的尽头，那个日本人同他道别，打开门回家了。德米安顺着原路返回，我停下来，在街中央等他。我看见他向我走来，步伐轻快，他穿着一件棕色橡胶雨衣，我开始激动不已。他迈着匀整的脚步，到了我跟前几步远才停下。然后，他脱下帽子，露出那张老成聪敏的脸庞，嘴唇坚毅，额头闪着奇特的光亮。

"德米安。"我叫出声。

他伸出手。

"是你，辛克莱！我一直在等你。"

"你知道我在这儿吗？"

"不知道，但我倒是希望你能在这儿。今晚我才见到你。你跟了我们有一会儿了。"

"你一眼就认出我来了吗？"

"当然。你确实变了一些。但你有印记。"

"印记，什么样的印记？"

"以前，我们叫它该隐的印记，如果你还记得的话。那是我们的印记。你一直都有，这也是我们为什么会成为朋友。不过，现在它变得更加明显了。"

"我不知道，或者说，其实也知道，我画过一幅你的画，德米安，却惊讶地发现它和我很像。是因为那个印记吗？"

"就是那样。在这儿见到你真好。我母亲也会高兴的。"

突然，我感到一阵恐惧。

"你的母亲？她也在这儿？但她不认识我。"

"她知道你。就算我不告诉她你是谁，她也会认出你的。我们已经很久没有听到过你的消息了。"

"我常常想写信给你，但没写出来。我已经感到，我很快就会找到你了。我每天都等着这一天的到来。"

他挽起我的胳膊，和我一同走着。他周身环绕着一种宁静，感染着我。很快，我们就像以前那样交谈起来。我们忆起了中学时光、坚信礼课，以及假期的那次不愉快的见面。只是，我们最初也最紧密的那条纽带，弗朗茨·克罗默的小插曲，始终没有被提及。

突然，我们陷入了一场奇怪的对话中，触及了很多不好的话题。从德米安与日本人谈话中断的地方开始，我们谈起了大学生活，又聊起了一些看似更加遥远的事情。然而，在德米安的话语中，它们又透露出紧密的联系。

他谈到了欧洲的精神和时代的特征。他说，四周充满了拉帮结派的气氛，却没有自由和爱。所有这些错误的团体，从兄弟会到合唱团，再到国家，都是一种被迫的结合，出于恐惧、忧虑和窘境，内在却腐烂、破旧，濒临瓦解。

"真正的联合，"德米安说，"是一件美好的事。但眼下遍地开花的这些联合却并非如此。联合的真正精神来自不同个体对彼此的了解，会在某个时间改变整个世界。现在的联合精神只是一种群体本能的体现。人们投入彼此的怀抱，仅仅是因为彼此害怕——老板们、工人们、学者们，都各自为营！他们为什么会害怕？只有在没有遵循本心时，人们才会感到害怕。人们之所以害怕，是因为他们无法认同自身。一个由恐惧内心未知之物的人组成的社会！他们发现，自己遵循的规则已经不再有效，他们按照古老的律令生活，无论是他们的宗教还是道德，都已无法适应现在的需要。一百多年以来，除了研究和建立工厂以外，欧洲什么都没做！他们知道多少火药可以杀死一个人，却不知道如何对上帝祈祷，甚至不知道如何才能快乐地度过哪怕一个钟头。看一看那些学生酒馆就知道了！看看富人的度假胜地！毫无希望。亲爱的辛克莱，这样下去不会有好结果的。这些人在心惊胆战中聚作一团，满怀恐惧和恶意，互不相信。他们固守着那些早已逝去的理想，杀死那些树立起新理想的人。我可以感受到，冲突已经越来越近。它来了，相信我，很快就会来了。当然，它不会'改善'这个世界。不管是工人杀死工厂主，还是德国与俄国开战，都不过意味着权力的更迭。但这一切并非徒劳。它将会揭示当代理想的破产，会对那些旧石器时代的神进行一场扫荡。如今这个世界，想要摧毁，想要灭亡——事实也将如此。"

"在这场冲突中，我们会怎么样呢？"

"我们？或许我们会毁灭其中。我们这种人，也可能会遭到射杀。只是我们没那么容易被消灭。我们的遗产，或者我们当中幸存下来的人，会被未来的意志聚拢在一起。长久以来，在欧洲被科学和技术的集市所压制的人性的意志将再度显现。然后，人们会清楚地发现，人性的意志与当今共同体、政体、民众、俱乐部以及教会的意志完全不同。自然对人的安排被写在个体的身上，在你身上，也在我身上。它写在耶稣身上，也写在尼采身上。这些趋势，也是唯一重要的趋势，虽然每天都会呈现出不同的形式，然而，一旦如今的社会瓦解，它们就会获得生长的空间。"

当我们驻足于河边一个花园前时，已经很晚了。

"我们住在这里，"德米安说，"一定尽早来看我们。我们一直在等你。"

在寒意渐深的夜中，我愉快地踏上了回家的长路。一路上，随处可见的吵闹着往家走的学生们。时常，我能感觉到他们那种荒唐的快乐与我的孤独生活之间的反差，有时我对此不屑一顾，有时候又觉得若有所失。但是，我从未像今天这样，心平气和，怀着隐秘的力量，感到这些是多么无关紧要。这个世界离我如此遥远，显得死气沉沉。我想起家乡的公务员，受人尊敬的老绅士，他们追忆醉醺醺的大学时光，就像怀念幸福的天堂，像诗人或者浪漫主义者们缅怀自己的童年那样，缅怀自己逝去的"自由"。哪里都一样！他们在过去四处寻觅"自由"和"幸福"，完全是出于对眼前责任和未来道路的恐惧。他们纵酒狂欢，虚度几年时光，然后就溜之大吉，成为一本正经的国家公仆。是的，我们的社会腐败了，和其他不计其数的糟糕事比起来，这些学生的愚蠢也没有那么蠢和那么坏。

当我回到我偏远的房子里准备睡觉时，所有这些想法都消失了，我的所有心思都集中到这一天带给我的重大承诺上。只要我愿意，甚至是明天，我就能见到德米安的母亲。让这些学生去饮酒作乐、文身刺青吧，这个腐败的世界会自取灭亡的，我在乎什么呢？我唯一的期待是，看见自己的命运出现在全新的景象中。

我沉沉睡去，第二天很晚才醒过来。新的一天对我来说就像一场盛宴，自童年以来，我就再也没有过这样的感受。我坐立不安，却毫无恐惧。我感到，重要的一天正在开启，我看见周围世界在变化，令人期待、意义非凡又庄严肃穆，就连温柔的秋雨也那么美好静谧，宛如节日里欢乐神圣的音乐。第一次，外部世界与我的内心获得了完美的和谐，感到活着令人快乐。街上的房屋、橱窗和行人的脸都不再使我厌烦，一切都恰如其分，完全不像日常那样单调、乏味，一切都是等待中的风景，一切都满怀期待地迎接命运的降临。当我还是一个小男孩时，在盛大的节日的清晨，比如圣诞节或者复活节，世界对我来说就是这样的。我已经忘了这个世界还能如此可爱。我早已习惯了活在内心的世界之中。我承认，我已经失去了对外部世界的感知，童年的逝去也必然伴随着缤纷色彩的逝去，我相信，要获得灵魂的自由和成熟，就必须放弃这种珍贵的光环。但现在，我欣喜地发现，一切只不过是被埋葬或者遮蔽了起来，即便你已经获得了自由，放弃了童年的幸福，也仍旧可以看到世界的光芒，品尝到孩子视野里的惊险刺激。

终于，我回到了城郊的花园，也就是我昨夜与德米安道别的地方。一栋小房子掩藏在高大浓密的树丛后，看上去明亮而舒适。一扇玻璃板后是高大茂盛的花丛，透过闪光的窗户，可以看见挂着图画和摆着成排书籍的深色墙面。前门径直地通向一个温馨狭小的门厅。一位老妇人身着黑衣，系着白围裙，安静地领我进去，帮我脱下外套。

她走了，我一个人站在门厅里。我环顾四周，一下子仿佛回到了梦中。在门上方深色的木板墙上，挂着一幅熟悉的画，那正是我的那幅画，有着金色鹞鹰头的鸟，正从世界的壳中挣脱出来。我大受感动，一动不动地站在那儿，心中既喜悦又痛苦，这一刻，我所做过和经历过的一切都回到了身边，作为回应和满足。一瞬间，无数画面掠过我的心间：门廊上有着鸟形徽章的父母的房子，画着徽章的男孩德米安，受制于克罗默的威胁的童年的我，在宿舍安静的书桌前绘制着梦中鸟的少年的我，迷失在自身编织的网中的灵魂，以及所有的一切，此刻，它们都再次回响在我的心中，得到了肯定、回应和赞许。

我热泪盈眶，盯着我的画，在心中默念。然后，我垂下了眼睛，看见面前的门已打开，一位高大的身着深色裙子的女人正站在那幅画下。那就是她。

我一句话也说不出来。和她的儿子相似，她的脸上看不出岁月的痕迹，充满了内在的力量，这位美丽的女人向我露出一个友好的笑容。她的目光令我满足，她的问候让我仿佛回到了家。我默默地向她伸出双手。她用那双坚实又温柔的手将它们紧紧握住。

"你就是辛克莱。我一眼就认出你来了，欢迎！"

她的声音深沉而温暖，使我如同饮下一杯甜蜜的酒。我抬头看着她宁静的面容，深不可测的黑色眼睛，鲜润饱满的嘴唇，以及那宽阔威严的前额，那里也有着印记。

"我太高兴了，"我亲吻了她的手，开口说，"我感觉自己是一个奔波了一生的人，现在终于回家了。"

她露出了慈母般的微笑。

"人永远回不了家，"她说，"但当志同道合的道路交汇到了一起，那时，整个世界就会变得如同家一样。"

她所说的，正是我在来见她的路上所感受到的。她的声音和话语与德米安有相似之处，但又有所不同。她更成熟、温暖和直接。但就像马克斯从来没有让人觉得他是一个男孩那样，他的母亲也完全不像一个有着成年儿子的女人，她的脸庞和头发看起来是那样年轻而甜美，她的皮肤是那样紧致光滑，嘴唇也是如此鲜艳。她站在我面前，甚至比梦中更加威严。

这就是命运向我展现出的新面貌，不再严厉，不再孤寂，而是成熟而愉悦！我没有做出决定，没有宣誓，但我抵达了一个目标，一个道路的高点：在那儿，我可以看到前路，辽阔而壮丽，通往幸福之地，路边有庇护的幸福浓荫，也有凉爽的欢愉花园。现在，无论发生什么，我都会满心欢喜：这位女士存在在这个世界上，我可以畅饮她的妙音，呼吸着她的气息。不管她是我的母亲、我的爱人还是我的神明，只要她在这儿就好了！只要我的道路与她毗邻就行！

她指着我的画作。

"没有什么比你的这幅画更让马克斯高兴的了，"她思索着说，"我也是。我们都在等着你，当画到了的时候，我们就知道你已经在路上了。当你还是一个小男孩时，辛克莱，有一天，我的儿子从学校里回到家，对我说：学校里有个男孩，额头上有印记，他肯定会成为我的朋友。那就是你。那时候，你的日子不好过，但我们相信你。某个假期，你又见过马克斯一次。那时你十六岁左右。马克斯跟我说了——"

我打断她，说："他跟你说了那次见面？那是我人生中最痛苦的一段时间。"

"是的，马克斯对我说：辛克莱正在迎来最艰难的一段考验。他又一次想要躲进人群中。他甚至开始混迹酒吧了。但他不会成功的。他的印记模糊不清，但暗地里却在灼烧着他。是这样吗？"

"是的，确实如此。后来，我遇见了贝雅特丽齐，最终再次找到了一位导师。他的名字是皮斯托瑞斯。到那时，我才明白，为什么我少年时期与马克斯会那样密不可分，为什么我不能离开他。亲爱的母亲，那时，我经常想要自我了断。每个人的路都是这么艰难吗？"

她抚摸着我的头发。那种触摸仿佛微风拂过。

"出生在这个世界上总是困难的。你知道，雏鸟要破壳而出是要费尽全力的。你回想一下，扪心自问：一路走来都那么困难吗？只有困难吗？难道不也很美吗？你能想出一条更美也更轻松的路吗？"

我摇摇头。

"确实困难，"我梦呓般说道，"直到那个梦境到来。"

她点点头，朝我投来洞穿心灵的目光。

"是的，你必须找到自己的梦，然后，道路就会变得好走。但没有梦可以永远存在，一个梦尾随着另一个梦，人们不能依赖于特定的某一个。"

我惊恐不安。她的话是警告吗？还是拒绝？这么快就来了？但没关系：我已经准备好跟随她的指引，不问方向。

"我不知道，"我说，"我的梦会持续多久。我希望它能永远存在。在这幅鸟之图下，我的命运接纳了我，如同母亲，如同爱人。我不属于任何人，只属于我的命运。"

"只要梦是你的命运，你就应该忠于它。"她语气严肃，认可道。

在这一迷人的时刻，一种悲伤俘获了我，我渴望立刻就死去。我感到眼泪——我都多久没哭了——涌上我的眼眶，淹没了我。我赶紧转身背对她走开，来到窗前，茫然地望向远方。

我听见身后传来她的声音，平静又温柔，如同斟满酒的酒杯。

"辛克莱，你真是个孩子！你的命运爱你。如果你始终忠于它的话，有一天，它会完全属于你的，就像你梦中那样。"

我恢复了自控力，重新转向她。她对我伸出手。

"我有几个朋友，"她笑着说，"几个非常亲近的朋友，他们叫我艾娃夫人。如果你想的话，你也可以这样叫我。"

她带我来到门边，打开门，指着花园。"马克斯在那儿。"

我站在高大的树丛下，恍惚又震惊，不知道是比以前更加清醒，还是更加如在梦中。雨水从树枝上轻轻滴落。我缓步走向花园，它一路向河岸延伸。终于，我找到了德米安。他站在一间敞开的花园小屋里，光着膀子，击打着一个沙袋。

我惊讶地停下来。德米安看上去英俊极了，胸部坚实宽阔，脸庞充满着男子气概，举起的手臂肌肉紧绷着，强壮有力，他的动作沿着臀部、肩膀和手腕流畅而生动地迸发出来。

"德米安，"我叫出声，"你在这儿干吗呢？"

他快活地笑起来。

"练习。我已经答应了跟那个日本人摔跤，那个小个子灵活得像只猫，当然，也很狡猾，但他打不过我。我要小小地羞辱他一番。"

他穿上衬衫和外套。

"你见到我的母亲了？"他问。

"是的，德米安，你有一个多么好的母亲啊！艾娃夫人！这个名字和她是绝配。她就像万物之母一样。"

他若有所思地盯了我片刻。

"你已经知道这个名字了？你应该感到骄傲。你是第一个，她第一次见面就告知了这个名字的人。"

从这一天起，我开始在这栋房子进进出出，像儿子或者兄弟，也像恋人。每当我打开那扇门，看见花园里高大的树木，我就感到快乐而充实。外面是真实世界，是街道和房屋，是人群和机构，是图书馆和演讲厅；而这里则是爱和心灵，住着神话和梦。然而，我们也没有与外部世界隔绝，在我们的思考和谈话中，我们常常身处其间，只是在一个完全不同的层次。我们与大多数人的区别并不在于某个边界，而是另一种观看的方式。我们的任务是展现世界上的一座岛屿，或是一个典范，或者至少是一种截然不同的生活的愿景。我，孤独了这么久，认识到一种只有在尝过完全的孤独的人之间才能产生的联合。我不再渴望幸福的餐桌，也不再渴望欢愉的节日。看到其他人欢聚作乐时，我也不再心生嫉妒和乡愁。渐渐地，我开始了解身怀印记的人的秘密。

我们这些带有印记的人，或许会被世人认为是"古怪的"，甚至是疯狂而危险的。我们的意识已经或者正在觉醒，我们永远在努力地追求一个更完整的意识状态，而其他人，则在追求让他们的意见、理想、责任、生活和财富与集体连接得更为紧密。那其中也有追求，也有力量和价值。但我们这些受印的人，要将自然的意志表达为全新的、个人的、属于未来的意志，其他人则只愿维持现状。他们和我们一样热爱人性，但对他们来说，人性是需要维持和保护的东西。对我们而言，人性是遥远的未来，我们都在朝着它前行，没有人知晓它的模样，而它的法则也无处可寻。

　　除了艾娃夫人、马克斯和我，我们圈子里还有其他一些关系或近或远的追寻者，他们各不相同。有些走在相当特殊的道路上，有着特殊的目标，怀有特殊的观点和责任。他们当中包括占星家、犹太神秘哲学者，也有一个托尔斯泰的信奉者，以及各种各样害羞脆弱的人，新教派的信徒，印度禁欲主义的修行者，素食主义者，等等。事实上，除了对彼此秘密之梦的尊重，我们并没有共同的思想连接。那些关心人类在过去对神明和理想的追寻的人，使我们感觉更亲近——他们的研究常常让我想起皮斯托瑞斯。他们带着书来，翻译古老语言的文本，给我们展示古代符号和仪式的插图，告诉我们，人类迄今为止的全部理想，都是由无意识的梦境组成的，在那些梦境中，人类探索着关于未来可能性的暗示。由此，我们遍览了从古代世界到基督教创立以来的奇妙的、千头万绪的众神崇拜。我们听到了那些孤独的圣人们的信条，了解了宗教在民族之间辗转传递的过程。通过从这种方式收集来的所有东西，我们对我们这个时代和当下欧洲得出了批判性结论：人们竭尽全力创造出前所未有的新型武器，思想却堕入了深不见底、令人心惊的空虚和迷惘之中。欧洲征服了全世界，却失去了自己的灵魂。

　　我们的圈子里还有信仰某些特定希望和救世学说的信徒。

也有想要在欧洲传教的佛教徒，以及那位托尔斯泰的信奉者，等等。我们内部圈子的成员只是聆听，将这些学说当成隐喻。我们这些带有印记的人并不担忧未来会变成什么样。对我们而言，所有这些信仰和学说似乎都已经死亡，毫无用处。我们唯一承认的责任和命运是，每一个人都应该完全成为自己，完全忠于自然在他内心播下的种子，这样，在它逐渐长成时，我们也不会对未来对我们做出的任何安排感到惊讶。

尽管可能无法言说，但我们都清楚地感受到，新事物的诞生和当今世界的崩溃已经近在眼前。德米安有时跟我说："我们无法想象即将到来之事。欧洲的灵魂是一只被囚困已久的野兽。一旦获得自由，它最初的行动必定不会温和。但方式无关紧要，重要的是，灵魂真正的需求能够被表达出来，它已经被阻碍和麻痹了太久。然后，属于我们的时代就会到来，我们会被需要。不是作为领导者和立法者——我们活不到看见新法条的那天——而是作为做好准备的遵循者，随时听从命运的安排和召唤。你看，当理想受到威胁时，所有人都会做出一些惊人的举动。但当一个新的理想，或许是危险而不祥的预兆来到时，没有人做好了准备。那时，少数准备好了并决意追随的人将会是我们。我们的额头之所以有印记，就像该隐的印记一样，是为了激起恐惧和仇恨，将人们从封闭的田园生活驱赶到危险的旷野。所有在人类历史中产生过影响的人，无一例外，都是愿意接受命运的人。摩西和佛陀是这样，拿破仑和俾斯麦也是如此。一个人效忠于哪一种浪潮，受到哪一个极端的驱使，都不是他的选择。如果俾斯麦理解了社会民主党，与之妥协，他将会是一个精明的人，却不是一个跟随命运之人。这也同样适用于拿破仑、恺撒、洛约拉，以及所有这一类的人。你必须从进化和历史的层面去考虑这些事情！当地球表面的剧变将海洋生物抛到陆地，将陆地生物抛进海洋，那些听从命运的生物才能完成那些新的、前所未有的转变，顺势拯救自己的物种，使其免于灭绝。我们不知道这些生物在变革发生之前是维持现状的保守者还是怪异的革命者，但我们知道，他们有所准备，因此才能够引领着他们的同类进入进化的新阶段。这就是为什么我们要准备好。"

艾娃夫人经常出现在这些谈话现场，但她没有像我们这样参与进来。她是一位聆听者，对我们充满了信任和理解，是我们每个人表达思想的回声，就好像所有的思考都源于她，最终又回归到她那儿。坐在她身边，不时听到她的声音，分享环绕在她身边的那种成熟又热情的氛围，我已感到深深的幸福。

她总是能立即察觉到我内心的一切变化、迷茫和萌动。对我来说，自己夜晚的梦似乎也是受她的启发而来。我常常向她讲述那些梦境，她认为它们通俗又自然，没有任何她不能够理解的不寻常之处。有一段时间，我总在梦中重现白天的谈话。

我梦见，整个世界陷入了混乱，我独自一人，或者和德米安一起，焦急地等待着伟大命运的到来。命运的脸庞依旧模糊，但却不知为何，有着艾娃夫人的特征：被她选择或者抛弃，那就是命运。

有时，她会微笑着对我说："你的梦是不完整的，辛克莱。你漏掉了最棒的部分。"然后，我就会记起我遗忘的那部分，并不知道自己为什么会忘掉它。

有时，我会对自己感到不满，被欲望折磨：我不能忍受她近在身边，却无法将她拥入怀中。她也觉察到了这一点。有一次，当我一连消失了几天，最后还是心烦意乱地回到了那儿，她将我拉到一边，说："你不能沉迷于那些你自己都不相信的愿望。我知道你想要什么。你要么放弃它们，要么就用正确的方式去期盼它们。一旦你能够学会正确地祈求，确信它会被满足，你就会得到真正的满足。但现在，你在期盼和放弃之间摇摆不定，时时心怀恐惧。你必须将它们克服。我给你讲个故事吧。"

她跟我讲了一个年轻人爱上一颗星星的故事。他站在海边，伸出双臂，对着星星祈祷，梦想着它，对它传达思念。但是他知道，或者他认为他知道，人是不能够拥抱一颗星星的。他绝望地爱着星星，将其视为自己的命运，在这种爱恋的意识中，他创造出一种纯粹的生命之诗，包含放弃、沉默和诚实地受苦。尽管如此，他所有的梦仍旧是关于那颗星星的。有一天晚上，他再度来到海边，站在高高的悬崖之上，仰望着星星，心中燃烧着对它的爱意。在渴望到达顶峰时，他纵身朝星星的方向跃起。但就在他跳起的一瞬间，他的脑子里闪过一个念头：不可能！然后，他就躺在了沙滩上，粉身碎骨。他不知道如何去爱。如果，在他纵身跃起的一瞬间，他的灵魂有着坚定的力量，确信自己的渴望能够被满足，他就会飞上天空，与那颗星星相伴。

"爱不可乞求，"她说，"也不能索要。爱必须要有内心坚定的力量。这样一来，爱就不需要被吸引，而是主动吸引。辛克莱，你的爱被我吸引。一旦它开始吸引到我，我就会出现。我不想助人为乐，我想被征服。"

后来，她给我讲了另一个故事。曾经，有一个人，陷入了毫无希望的爱恋之中。他将它完全地藏在心中，认为这份爱会将他吞噬。他失去了这个世界，不再能看见蓝天绿树，溪流也不再从他身旁低语淌过，竖琴也喑哑了，一切都离他而去，他变得贫困潦倒。然而，他心中的爱恋仍在不断增长，他宁可死去，也不愿意放弃对那个美丽的女人的爱。他感到，这份爱将他心中的一切化为了灰烬，他的热情越发旺盛，吸引力不断拉扯，这位美丽的女人也无法抵抗：她来到他身边，男人伸出双臂想要将她拉入怀中。但当她站到他面前，她的模样完全变了——他惊恐地发现，被拉到他身边的竟然是他失去的整个世界。她站在他跟前，将自己交付于他，天空、森林、山岭、溪流，一切都生机盎然地出现在他面前，焕发出新的色彩，它们属于他，说着他的语言。他不只赢得了一个女人，而是将整个世界都纳入了自己的怀中；天空里的每一颗星星都在他的心里发光，在他的灵魂中快乐地闪烁。在这个过程中，他拥有了爱也找到了自己。很多人的爱则只是为了失去自我。

我对艾娃夫人的爱似乎成了我生活中唯一的事。但每一天，它看上去都有所不同。有时，我确定，自己的本性并不是要去接近她本人，她仅仅是我心中的一个象征，这个象征使我更加深入自己的内心。时常，她说的话听起来如同我的潜意识对自己那些迫切的问题的回答。另一些时候，在她身边，我的心中又燃烧着欲望，忍不住去亲吻她碰触过的东西。慢慢地，我的感官之爱和非感官之爱，现实和象征，开始融合。有时，我会独自在房间平静地想着她，我会感到自己正握着她的手，亲吻着她的嘴唇。或者我会同她待在一起，看着她的面庞，与她交谈，聆听着她的声音，我不能分辨她究竟是真实的还是只是个梦。我开始领悟，人如何才能拥有永恒不灭的爱。当我从书上学到了新东西，那种感觉就像获得了艾娃夫人的一个吻。她抚摸着我的头发，对我露出甜美温暖的微笑。当我有了进步时，也会产生同样的感受。对我来说重要的一切，我命运的每一部分，都可以呈现为她的模样。反过来，她也能转变为我的每一种思想。

我不得不回家和父母过圣诞假，这让我感到恐惧，我以为，离开艾娃夫人两周会让我备受折磨。但事实并非如此，待在家里想念她的感觉很美妙。当我回到 H 城后，最开始两天，我没有急着去她家，而是享受着这种安稳，以及不依傍在她身边的独立感。我也做了一些梦，在这些梦中，我与她以新的隐喻的方式结合在一起。她是一片海，而我是一条流入她的溪流；她是一颗星星，而我是另一颗划向她的星星，最终，我们相遇了，被彼此吸引，互相接近，幸福地围绕着对方不停地转动。

下次去拜访她时，我跟她讲述了这个梦。

"那是个美丽的梦，"她静静地说，"让它成真吧。"

在那个早春，我迎来了永生难忘的一天。我走进客厅，一阵温暖的微风将风信子的香气从敞开的窗户送入房间。客厅一个人都没有，我上楼去马克斯·德米安的书房。我轻轻地敲了敲门，就像平常那样，没等对方回应就走进了屋子。

房间很昏暗，窗帘都拉上了。马克斯的那间化学实验室的门敞开着，春日明亮的阳光透过浓云照了进来。我以为没人在这儿，便拉开了窗帘。

这时，我看到马克斯·德米安坐在窗帘边的凳子上，蜷缩着身体，模样和平常大不相同。一个念头闪电般划过我的脑海：我见过这个场景！他的双臂无力地垂着，手掌放在膝盖上，头微微前倾，一双眼睛毫无生气地睁着，仿佛什么也看不见——一只眼睛的瞳孔里反射着一小簇耀眼的光，就像一块碎玻璃一样。除了可怕的僵硬，那张苍白的脸上毫无表情，看上去如同摆在寺庙门口的古老而原始的动物面具。他似乎连呼吸也没有了。

回忆让我不寒而栗：许多年前，当我还是个小男孩时，我曾见过他这副样子。他的眼睛也是这样向内凝视着，手掌毫无生气地放在一起，一只苍蝇在他脸上爬着。那大概是六年以前，他和现在看上去一样古老而永恒。连脸上的皱纹也没有任何区别。

我恐惧不已，悄悄地离开了房间，下了楼。在大厅里，我看见了艾娃夫人。她的脸看上去苍白而疲惫，我从未见过她这副模样。一道阴影从窗边晃过，耀眼的白色日光突然间就消失了。

"我刚刚见到了马克斯，"我急急忙忙地低语道，"出了什么事吗？他睡着了，或者说陷入了沉思，我不知道怎么描述。我原来也见过一次他那样。"

"你没有叫醒他吧？"她着急地问道。

"没有。他没听见我进去。我马上就跑出来了。告诉我，艾娃夫人，他怎么了？"

她用手背擦了擦额头。

"别担心，辛克莱，他什么事也没有。他只是沉进去了。这不会持续很久的。"

她站起来，走到外面的花园里，虽然外面刚刚开始飘起雨。我不知道是否该跟着她一起，于是只好在大厅里来回踱步，闻着风信子令人眩晕的味道，看着门上我的那幅鸟之图，焦虑不安地感受着这天早上充斥在整个房间的奇怪阴影。那是什么？发生了什么？

艾娃夫人很快就回来了。她深色的头发上沾着雨滴。

她坐在扶手椅上，精疲力竭。我走到她面前，弯腰吻了吻她头上的雨滴。她的眼睛安静而明亮，雨滴尝起来如同眼泪。

"我应该去看一下他吗？"我低声问。

她露出一个虚弱的笑。

"别像个小男孩一样，辛克莱！"她高声警告说，像是要打破施加在身上的某个咒语。"先走吧，晚点再回来，我现在没法跟你说话。"

我半走半跑地离开了那栋房子，没回市里，而是向山里走去，投身于那细细斜斜的雨中。在沉重的气压下，云低低地挂在空中，快速地移动着，如同恐惧着什么。云层下几乎没有一丝风。山顶仿佛酝酿着一场风暴。太阳不时地从铅灰色的云层中短暂地露出脸来，放射出苍白而明亮的光。

接着，一朵蓬松的黄云飘过天空，撞上那堵灰色的云墙，与它汇集在一起。几秒钟后，风在那片黄蓝相间的色彩中造出一幅画：一只巨大的鸟，从蓝色的混沌中挣脱出来，拍动着巨大而有力的翅膀，消失不见了。一时间，风暴声骤起，雨水夹杂着冰雹落下来。一道短促的、响亮得不可思议的雷声穿过雨中的大地响起，随即，太阳再度冲破云层，苍白的雪在不远处山间的褐色树林上闪烁着不真实的光芒。

几小时后，当我浑身湿透、面色苍白地回去时，德米安亲自为我开了门。

他将我带进他的房间。实验室里亮着一盏煤气灯，纸张随意摆放着，看上去他似乎一直在工作。

"坐下来，"他邀请我，"你一定很累了。天气太糟糕了。你看上去在外面淋透了。很快就会有茶送过来。"

"今天发生了一些奇怪的事，"我犹豫着开口，"不只是天气。"

他审视着我。

"你看见了什么吗？"

"是的，有一刻我在云中看见了一幅图，相当清楚。"

"是什么？"

"一只鸟。"

"鹞鹰？是它吗？你梦里的那只？"

"对，就是我梦中的鹞鹰。它是黄色的，身形巨大，飞向了蓝色的天空。"

德米安深吸了一口气。

门口响起一阵敲门声。老仆人端着茶进来了。

"你自便，辛克莱……我认为，你是偶然看见了那只鸟吧？"

"偶然？会有人偶然看见那样的东西吗？"

"不会，你说得对。这只鸟意味着什么。你知道是什么吗？"

"不知道。我只能感觉到它象征着某种震动，命运迈出了一步。我觉得，它和我们所有人都有关系。"

他激动地来回走动着。

"命运的一步！"他叫出来，"昨晚，我梦见了相似的东西，昨天，我的母亲也产生了相同的预感。我梦见，我在爬一架靠在树干或者塔上的梯子。当我爬上去时，看见了一片辽阔的平原，那上面的城镇和乡村都在燃烧。我还不能完全讲明白，我自己还没有完全弄清楚。"

"你觉得这个梦和你自己有关吗？"

"和我有关？当然。没有谁的梦和自己完全无关。但它不只是与我有关，你说得对。在我心中，有两种梦，一种是体现了我灵魂的波动的梦，以及另一种很少见的指向所有人类命运转折的梦。我很少做第二种梦，也没有任何梦会让我预知未来。关于梦的阐释并不是那么具体。但是，我能确定的是，我梦到了一些不仅仅是与我有关的东西，它与我早期的一些梦有所关联。它延续着它们。辛克莱，这些梦给了我预感，正是我曾对你提过的那些。我们都清楚，我们的世界已经腐败到了极点，但这并不是去摧毁它的充分理由。尽管过去几年我一直在做这些梦，它们让我可以确定或者感受，或者不管你怎么说——我感觉到旧世界的崩溃正在到来。最开始，它们只是非常微弱、遥远的直觉，但它们渐渐变得更加清晰、强烈。除了一些可怕的大事正在到来，我会受到影响之外，我仍然什么都不知道。我们会经历我们谈论过的一切，辛克莱！这个世界想要重生。死亡的味道已经飘散在空气中了。没有新生不伴随着死亡……它比我想到的任何事都要可怕。"我惊恐地盯着他。

"你不能告诉我其余那些梦吗？"我怯生生地问。

他摇摇头。

"不能。"

门打开了。艾娃夫人走了进来。

"你们俩在这儿！你们不是在难过吧，孩子们？"

她看上去精神焕发，一点儿也不疲惫了。德米安对她笑了笑，她像母亲对待受惊的小孩那样向我们走来。

"我们没有在难过，母亲，我们只是在试着从这些新的预兆中找出些头绪。但没关系了。会发生的总会突如其来地降临，到时候，我们就会获知我们想知道的事。"

但我心情很差，我向他们道了别，独自穿过走廊，风信子的香味似乎变得腐败而寡淡。一道阴影笼罩在了我们头上。

第八章　终点与起点

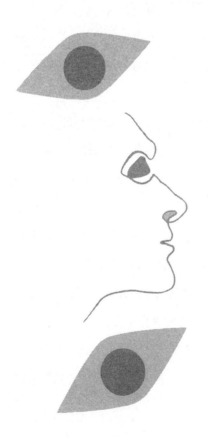

我说服了父母，让我在 H 大学度过夏季学期。我和朋友们几乎所有时间都待在河畔的花园里，很少在房间里。那个日本人离开了，在拳击赛中，他被德米安狠狠地击败了；托尔斯泰的信奉者也不再来了。德米安养了一匹马，每天都会骑着它远行。我常常独自与他的母亲待在一起。

有时，我仅仅对自己的生活变得如此平静而感到惊讶。我早已习惯了孤独，习惯了自我否定的生活，也习惯了与痛苦做艰苦的斗争，在 H 大学的这几个月，对我而言，就像身处一座梦幻岛，在岛上，我可以在美丽怡人的环境中，过着一种舒适的、令人沉醉的生活。我隐约感到，这就是那种我们设想中的更高级的新社会的前兆。然而，这种幸福在任何时刻都可能给我带来深深的忧郁，因为我知道它很难长久。畅快呼吸和舒适惬意不是我想要的，我需要痛苦和寻觅。我感觉到，有一天，我会从我所爱的这些美丽的梦中醒来，再度孑然独立于寒冷的世界，在那里，没有平静和惬意，没有轻松的相伴，只有孤独和挣扎。

在那些时刻，我会越加眷恋地依偎在艾娃夫人的身旁，为自己的命运仍旧有着这美丽平静的模样而感到高兴。

暑期的几周在平静中转瞬即逝，学期即将结束，到了我要离开的时候了。我不敢想起这件事，只是紧紧地抓住每一个美丽的日子，就像蝴蝶依恋着带蜜的花朵。这是我的幸福时光，生活第一次充实而满足，我被这个亲密的圈子接纳了——接下来会怎么样呢？或许我会再次开始战斗，被旧日的渴望折磨，怀着幻梦，孤身一人。

一天，强烈的预感降临在我身上，我对艾娃夫人的爱突然开始在我的心中痛苦地燃烧起来。我的上帝，不久之后，我就要离开这儿了，再也见不到她，听不见她在房中走动的熟悉的脚步声，不能再在我的桌子上看见她放下的鲜花！我得到了什么？我梦想过，沉浸在满足之中，而不是去赢得她，努力将她永远地拥在怀中！她所说的一切关于真爱的故事都回到了我的心里，还有那无数次微妙的暗示、温柔的诱惑，甚至或许是承诺——我做了什么？什么也没做。一点也没做！

我站在屋子中央，聚精会神地将全部的意识都集中在艾娃夫人身上，将灵魂的所有力量都召集起来，让她感觉到我的爱，吸引到她。她一定要来，她一定要渴望我的拥抱，我一定要贪婪地深吻她成熟的双唇。

我站在那儿，屏息凝神，直到手脚都变得冰凉。我感到全身的力量都已耗尽。有那么几刻，我感到内心有什么东西凝结了起来，像是怀揣了一颗明亮而冰冷的水晶，我知道，那是我的自我。寒意涌上胸膛。

从这种可怕的紧张中放松下来，我感到有什么事即将发生。我筋疲力尽，但已经准备好看着艾娃夫人容光焕发又满怀爱意地走进房间。

马蹄声从街道上传来。那声音越来越近，如同金属发出的声响，然后，它突然停止了。我跑到窗边，看见德米安正在下马。我跑了下去。

"出了什么事？德米安？"

他没有注意到我的话。他脸色苍白，汗水从他的面颊上滑落下来。他把汗流浃背的马拴在花园的栅栏上，挽着我的胳膊，沿着街道走下去。

"你听说了吗？"

我什么也没听说。

德米安抓住我的胳膊，将脸转向我，神情带着一丝奇怪的忧郁和同情。

"是的，开始了。你知道德国和俄国的紧张关系吧？"

"什么？开战了吗？"

尽管我们身边没有任何人，他还是放低了声音。

"还没有宣战，但快要来了。相信我。我不想让你担心，但上次之后，我又有了三次新的预兆。所以，不是世界末日，不是地震，不是革命，而是战争。你会知道那是什么样的感觉！人们会喜欢它的。就算是现在，他们也迫不及待地期望着杀戮的开始，他们的生活就是这么无聊！不过，辛克莱，你会看到，这只是一个开始。或许，这将会是一场大战，规模庞大。但那也只是开始。新世界已经开始了，对那些紧紧抓住旧世界不放的人来说，它将是可怕的。你会怎么做？"

我疑惑不解，它们听上去全都那么遥远，不可思议。

"我不知道，你呢？"

他耸耸肩。

"动员令一下来，我就会应召入伍，我是少尉。"

"你是少尉？我不知道。"

"是的，这是我顺势而为的方式之一。你知道，我不喜欢太过引起别人的注意，以至于常常走入另一个极端，只为了给别人留下一个好的印象。我相信，下周我就会去前线。"

"上帝。"

"不用太过感伤。当然，命令人们对着活人开枪很无趣，但那不是重点。我们每个人都会被卷入这个系统之中。你也是，肯定会被征召入伍的。"

"那你的母亲呢，德米安？"

直到现在，我的思绪才回到一刻钟前发生的事上。同一时间里，世界发生了多么大的变化！我用尽全力拼凑出一幅最为甜蜜的画面，而现在，眼前的世界突然戴上了一副狰狞可怕的面具。

"我的母亲？我们不需要担心她。她是安全的，比这个世界上任何人都要安全。你那么爱她？"

"难道你不知道吗？"

他大笑出声。

"我当然知道。称她为艾娃夫人的人没有一个不爱她。你今天要么呼唤了我，要么就是呼唤了她。"

"是的，我呼唤了她。"

"她感受到了。她突然让我离开，说我必须得来看看你。我刚刚告诉她关于俄国的消息。"

我们转过身，又交谈了几句。德米安解开他的马，骑了上去。

当我回到楼上的房间里，才感到自己是多么疲惫，因为德米安的消息，更多的则是因为之前的紧张。但是艾娃夫人感受到我了！我通过心中的念想触到了她的心。她本来会亲自来的，如果不是——一切都是多么奇怪啊，说到底，又是多么美啊！可是，战争要来了。我们经常讨论的一切都将要成为现实。德米安预见到了那么多。多么奇怪，世界的潮流将不再从我们身边流过，而是会直直地涌向我们的心中，冒险和狂野的命运在召唤着我们，早晚，世界将会改变，需要我们的那一刻会到来。德米安是对的：我们无须多愁善感。唯一令人惊讶的是，自己的"命运"，这件本来私密又孤独的事情，现在将会与无数人，与整个世界共享，我们会共同经历它。这样也好！

我准备好了。那一晚，当我穿过城市时，每个角落都传来兴奋的嗡嗡声。不管我走到哪儿，都能听见那个词："战争"！

我去了艾娃夫人的家，我们在花园小屋里吃了饭。我是那晚唯一的客人。我们谁也没有提起战争。直到我快要离开，艾娃夫人才说："亲爱的辛克莱，你今天呼唤了我。你知道我为什么自己没来。但不要忘了：现在，你知道该怎么呼唤了，不管何时，当你需要某个带有印记的人，你就这样做吧！"

她站起来，在我面前走进了暮色沉沉的花园。她高大而威严，充满了神秘感，她站在寂静的树丛之间，群星都在她的头顶闪烁着微光。

我的故事快要讲完了。一切都发生得如此之快。战争打响了，德米安穿着银灰色制服出发了，看上去陌生而奇怪。我将他的母亲送回了家。很快，我也向她道别，她亲吻了我的嘴唇，将我拥在她的怀中，那双大眼睛闪烁着，坚定地望向我。

所有人都亲如兄弟。他们不停地谈论着"祖国"和"荣誉"，但在某一瞬，他们都曾看到摘下面纱后的命运的真容。

年轻人离开了营房，被塞进列车，在很多张脸上，我都看见了印记——不是我们那个——一个美丽而庄严的标志，意味着爱和死亡。我被许多素不相识的人拥抱了，我理解这个动作，也以拥抱回应。一种陶醉感，而不是命运的意志，促使他们这样做。但这种陶醉是神圣的，因为这是他们所有人向命运投去短暂而可怕的一瞥的结果。

当我到达战场时，已经临近冬天了。

除开初次交火时的兴奋，一开始，一切都让我感到失望。过去，我常常思考，为什么很少有人会为理想而活。而现在，我看到了那么多人，不，是全部人，都愿意为了一个理想赴死。尽管，这不是一个个人的、自由的、选择的理想，而是被授予的集体的理想。

随着时间的流逝，我意识到，我低估了人的力量。尽管，服役和共同面对的危险使得军人千篇一律，但我仍旧看到，很多活着的、死去的人极有尊严地去遵循了命运的意志。许多人，不只是在进攻中，而是每时每刻，眼睛里都带着一种深远的、坚定的又有点着魔的神情，他们对目标一无所知，完全地臣服于某种不可思议的东西。不管他们想着或者相信什么，他们都准备好了，随时可以派上用场，作为塑造未来的黏土。世界越是一心扑在战争、英雄主义、荣誉和其他旧日理想上，真正的人性就变得越加遥远和难以实现，但那只是表面，就像对战争的直接目的和政治目的的追问只停留在表层。深入下去，有什么东西正在成形。那是一种类似于新人性的东西。我可以看见很多人，很多在我身边倒下的人，已经开始强烈地感受到，仇恨和愤怒、屠杀和毁灭与那些目标并无关系。这些目标完全是偶然的。最为原始的，甚至是最为狂野的情感，不是指向敌人的，他们的血腥任务仅仅是一次内心的投射，是从自身分离出来的灵魂的投射，它使他们被屠戮、杀害、死亡和毁灭的欲念填满，以便可以重生。

一只巨大的鸟正从蛋中挣脱出来，蛋就是世界，世界必须化为废墟。

一个早春的夜晚，我在我们占领的一个农庄前站岗。无精打采的风有一搭没一搭地吹拂着，成群的云朵高高地飘浮在弗兰德的天空上，月亮从云后露出一抹倩影。那天，我一直感到不安，心怀忧虑。此刻，站在昏暗的岗位上，我热切地回忆起我生命中迄今为止的那些画面：关于艾娃夫人的，关于德米安的。我倚靠着一棵杨树站着，凝视着云层翻涌的天空，移动的云朵神秘地组成了一系列巨大的流转的图画。我的脉搏异常微弱，皮肤对风雨的吹打感觉迟钝，内心却格外清醒，我感到，有一位向导就在不远处。

云层中浮现出一座巨大的城市，成千上万人从中蜂拥而出，走向一片广阔的原野。一位强大的神一样的人物也走进他们之中，她如山峰一样广阔，发间缀满闪烁的星辰，长着艾娃夫人的模样。无数的人被她吞了进去，如同落进一个巨大的洞中，消失不见。女神蜷缩在地上，头上的印记发着光。她似乎笼罩在一个梦中：她闭着眼睛，面容因为痛苦而扭曲。突然，她大叫出来，额头上涌出星星，成千上万颗星星在漆黑的夜空旋转出美妙的拱形和半圆形。

其中一颗星星直直地向我射来，伴随着清脆的声响，仿佛在寻找着我。然后，它咆哮着崩裂为上千万道火花，将我抛到半空，又砸向地面，我头顶的世界在雷暴中崩裂。

人们在杨树旁找到了我，盖着一层土，浑身都是伤口。

我躺在地道里，枪声在我的头顶呼啸而过。我躺在一辆马车里，颠簸地穿过空旷的田野。大多数时候，我不是睡着了就是失去了意识。但越是睡得沉，我就越是强烈地感到有什么东西在吸引着我，我在追随着一股统治着我的力量。

我躺在马厩的稻草堆上。天已经黑了，有人踩到了我的手。我内心的某种东西希望继续向前，感受强烈召唤。我再次躺进马车里，然后是担架或者梯子上。我前所未有地感觉到自己正在被召唤到某处，除了必须要抵达那个地方的急切冲动之外，我什么也感受不到。

然后，我实现了我的目标。那是一个晚上，我意识清醒，刚刚感受过那种内在的吸引力。我躺在某个长廊的地板上，感到自己已经到达了那个召唤着我的地方。我转过头，我的床垫旁还紧靠着另外一个床垫，有人躺在那上面，正斜着身子看着我。他的前额上有印记。那是马克斯·德米安。

我说不出话来。他也不能，或者不想说。他只是看着我。他头顶上方的墙壁上挂着灯，灯光打在他脸上。他笑了。

他长久地凝视着我的眼睛。慢慢地，他将脸靠向我，几乎贴上了。

"辛克莱。"他低声说。

我瞥了他一眼，示意我听见了。

他再度微笑起来，几乎像是怜悯。

"小家伙。"他笑着说。

他的嘴唇离我很近。他继续轻声开口。

"你还记得弗朗茨·克罗默吗？"他问。

我对他眨了眨眼，也笑了。

"小辛克莱，听着，我必须得走了。或许以后你还会需要我，对付克罗默或者其他什么事。如果你召唤我，我就不会这么匆匆忙忙地骑着马或者坐着列车过来了。你必须聆听内心的声音，然后，你就会发现，我就在你心中。你明白吗？——对了，还有，艾娃夫人说，如果你有什么不顺心的事，我就给你一个从她那儿转送来的吻……闭上眼睛，辛克莱！"

我顺从地闭上了眼睛。我感到一个吻轻轻地落在了唇上，那里一直渗着血，从未干涸。然后，我就沉沉地睡着了。

第二天早上，有人叫醒了我，要给我包扎伤口。完全醒过来后，我赶紧转过头去看身边的垫子。上面躺着一个我从未见过的陌生人。

包扎伤口很痛。之后发生的一切都让我很痛。但有时，当我找到钥匙，深入内心，在那里，命运的意象沉睡在一面幽暗的镜中，我只需要弯腰俯身看着那面镜子，就能看见自己的模样，现在，我完全像他了，我的朋友，我的引路人。